Little Town on the Prairie

草原上的小镇

Laura Ingalls Wilder

[美] 劳拉·英格斯·怀德 著

[美] 加思·威廉姆斯 绘

王雪纯 译

Newbery Honor book ♛ 纽伯瑞儿童文学奖作品

山东文艺出版社

图书在版编目(CIP)数据

草原上的小镇/(美)怀德著;(美)威廉姆斯绘;
王雪纯译. —济南:山东文艺出版社,2014.8
(国际大奖儿童小说)
ISBN 978-7-5329-4573-3

Ⅰ.①草… Ⅱ.①怀… ②威… ③王… Ⅲ.①儿童文
学-长篇小说-美国-现代 Ⅳ.①I712.84

中国版本图书馆 CIP 数据核字(2014)第 108088 号

草原上的小镇

[美]劳拉·英格斯·怀德　著　　[美]加思·威廉姆斯　绘　　王雪纯　译

主管部门	山东出版传媒股份有限公司
出版发行	山东文艺出版社
社　　址	山东省济南市英雄山路 189 号
邮　　编	250002
网　　址	www.sdwypress.com

读者服务	0531-82098776(总编室)
	0531-82098775(发行部)
电子邮箱	sdwy@sdpress.com.cn

印　　刷	山东德州新华印务有限责任公司
开　　本	890mm×1240mm　1/32
印　　张	7.75
字　　数	178 千字
版　　次	2014 年 8 月第 1 版
印　　次	2014 年 8 月第 1 次印刷
书　　号	ISBN 978-7-5329-4573-3
定　　价	19.00 元

目 录

意外问话

一天晚上，大家正在吃饭，爸爸突然问劳拉："你想不想到镇上找份工作啊？"劳拉愣住了，一时不知道该怎么回答，其他人也都很诧异，不知道该说些什么。大家都一动不动地坐着，好像被冻住了一样。格蕾丝瞪着漂亮的眼睛，直直地望着面前的白锡杯子；卡莉刚咬了一口面包，一听到这句话就含着面包愣住了。玛丽拿着叉子的手也悬在半空中。妈妈正拎着茶壶往爸爸杯子里倒水，水都差点溢出来了，才及时反应过来，赶紧放下了茶壶。

"你刚刚说什么，查尔斯？"

"我问劳拉想不想去镇上找份工作。"爸爸回答。

"找工作？一个小姑娘？还到镇上去？"妈妈心里有些不平静了。"再说了，能找什么工作啊？"接着，她又急忙说，"不行，绝对不行，查尔斯，我可不想让劳拉去旅馆工作，人生地不熟的，多危险啊。"

"谁说叫她去那儿工作了？"爸爸反驳道，"只要我还有一口气，怎么能允许我家姑娘去旅馆工作啊！"

"我知道你肯定不会让她去的，"妈妈辩解道。"不过，你说，除了去旅馆，她还能做什么呢？劳拉现在年纪这么小，又不能去教书！"

　　劳拉也没心情再听爸爸解释什么了，现在正是春暖花开的日子，大家热热闹闹地在宅地上生活，多幸福啊！她可不想放弃这一切，到镇上去找工作。

宅地之春

　　去年十月份下了一场暴风雪之后，劳拉一家人就搬到了镇上，劳拉也在镇上上学了。不过后来因为又遇到了暴风雪，学校就不得不停了课。那个漫长的冬天，暴风雪似乎一刻也没有停息，每家每户都把门窗关得紧紧的，邻里之间也互相失去了消息。外面除了呼啸的狂风和白茫茫的雪花，根本听不见任何人声，也根本看不到一丝灯光。

　　大家都蜷缩在小小的厨房里，一边忍着寒冷和饥饿不停地拧着干草放进火炉，好让火炉一直烧着，一边还得用咖啡研磨机研磨小麦，以保证白天有足够的面粉做面包。

　　在那个漫长得似乎没有尽头的冬天里，大家唯一的期盼就是，冬天快点结束，暴风雨快点过去，温暖的阳光快点回来，等到了那时候，他们就可以离开镇子，回到宅地上去了。

　　而现在，春天终于来了。明媚的阳光照耀在达科塔大草原上，到处是一片温暖祥和的景象，谁能想象这里才经过狂风肆虐、漫天飞雪的冬天呢？又能回到宅地上，真是太好了！只要不是一直闷在屋子里，劳拉就心满意足啦！她感觉自己的骨头永远也晒不饱这温暖的阳光！

黎明时分，她来到泥沼旁边的井里打水。那时，红红的太阳正从东方缓缓升起，朝霞把天空涂抹得美丽无比。草地上点缀着晶莹的晨露，百灵鸟唱着悠扬的歌儿，朝着天空飞去，长腿野兔在小路旁蹦蹦跳跳，闪闪发亮的眼睛盯着面前的草地，优雅地小口嚼着柔软的草尖，耳朵可爱地摆动着。

劳拉来到小棚屋里，把手里的水桶放下，又拎着牛奶桶朝草坡跑去了。母牛艾伦正啃着香甜细嫩的小草。劳拉挤奶的时候，艾伦只是安静地反刍着胃的食物。

新鲜、温热的牛奶流进泛起泡沫的牛奶桶里，散发出香甜的味道，与春天的香味融合在一起。劳拉赤脚踩在沾着露水的草地上，双脚潮湿而清凉。温暖的阳光亲吻着她的脖子，她的双颊贴在艾伦身上，感到非常温热。小牛不安地大叫着，而艾伦则温柔地哞哞回应着。

挤完牛奶，劳拉把牛奶桶拖到小棚屋里，妈妈在小牛的奶桶里倒了些新鲜温热的牛奶，然后把剩下的透过一块干净的白布倒进白锡牛奶罐子里。劳拉把牛奶罐抱到地下室，妈妈从昨天晚上的牛奶上刮下一层厚厚的奶油，把脱过脂的牛奶倒进小牛的奶桶里，由劳拉抱着给饥饿的小牛送过去。

教小牛喝奶可没那么容易，但倒是很有趣。连站都站不稳的小牛伸着红红的小脑袋，一闻到奶桶里的牛奶香味，就过来抵奶桶，还以为只有拼命抵着奶桶才能吃到奶呢。

劳拉只能尽量不让牛奶洒出来，她必须得教它喝奶，小牛原来的习惯是很难改掉的。她用手指蘸着牛奶，让小牛用粗糙的舌头吮吸，然后轻轻地把它引向下面的牛奶桶。小牛不小心把牛奶吸进了鼻子里，扑哧扑哧打着喷嚏，奶桶里的牛奶也溅了出来。它用力抵着奶桶，劳拉差点没抓住，一些牛奶洒到小牛头上，溅了劳拉一身。

劳拉只好再一次用手指蘸着牛奶，让小牛吮吸，尽量不让牛奶从桶里洒出来，耐心地教着小牛喝奶。就这样，小牛终于把一些牛奶喝进了肚子里。

喂完牛奶，劳拉拔起拴马桩，一步一步带领艾伦和两头小牛来到了柔软清凉的新鲜草地上。她把铁桩深深地插进泥土里。现在，太阳已经完全升起来了，天空蔚蓝无比，无边无际的草原在微风中起起伏伏。远处传来妈妈的声音：

"快回来吧，劳拉，吃早饭啦！"

劳拉回到小棚屋，在水池里迅速洗了把脸，搓了搓手。水花溅了出来，洒在草地上，不过在阳光下很快就会蒸发的。她把梳子插进还扎着辫子的头发里，把上面梳了梳，又把下面梳了梳。早饭前是根本没有时间把辫子解开好好梳一下的，要等到早上的事情都忙完了，才有时间重新编辫子。

她坐在自己的固定位置——玛丽的旁边，视线穿过干净的红色格子桌布和闪闪发亮的碗碟，她看到妹妹卡莉和格蕾丝泛着好看光泽的小脸蛋和明亮的眼睛，看到爸爸和妈妈脸上也绽放着开心的笑容。晨风从敞开的门窗吹进来，带来阵阵芬芳。她轻轻叹了一口气。

爸爸朝这边看了看，他明白劳拉心里在想什么。"今天天气真不错啊。"他说。

"多么美好的清晨啊！"妈妈也附和道。

吃完早饭，爸爸拉起两匹马——山姆和大卫，把它们赶到小棚屋东边的大草原上，爸爸也要在那里开垦土地，种上玉米。妈妈负责给孩子们分配家务活，劳拉最开心的是听到妈妈说："我要去菜园里干活了。"

玛丽肯定会热心地要求承担家务活，这样一来，劳拉就可以跟妈妈一起到菜园帮忙了。一场猩红热夺去了玛丽的光明，从那以后那双清澈的蓝眼睛就再也看不见了。不过即便是在失明之前，她也不喜欢到风吹日晒的外面去。而现在，只要能待在家里做点事情，她就很开心了。她总是高兴地说："在屋里我用手摸一摸就能代替眼睛了，要是出去的话，我可分不清锄头下面是豌豆藤还是野杂草，待在家里洗洗盘子，铺铺床，看着格蕾丝还是没问题的。"

卡莉也很自豪，因为虽然她年纪还很小，才只有十岁，但是也能帮着玛丽做些家务活了。于是，妈妈就放心地带着劳拉去菜园了。

越来越多的人从东边拥过来，在大草原的四面八方定居下来，他们在东边、南边，甚至大泥沼西部建造起了新的棚屋。每隔几天，就能看到几个陌生人驾着四轮马车经过这里，他们穿过泥沼中间狭窄的小路朝北走，来到小镇，然后返回来。妈妈说，等春天这些活儿忙完之后，才能有时间去结识他们呢，现在大家都太忙了，根本没时间互相串门。

爸爸有了一个新的开荒犁，用来犁大草原这里的土再好不过了。犁的前面有一个锋利的轮子，也就是旋转犁刀。犁地的时候，犁刀一边翻转着切开前面的土地，铁犁头一边切断下面纠缠不清的草根，犁板接着掀起一块整齐的长土块，再翻过来。每一条土块都差不多十二英尺宽，笔直得就好像是用手切开的一样。

有了这个新犁，大家都很开心。现在，干完一天活儿之后，山姆和大卫可以欢快地躺在地上打个滚儿，竖起耳朵朝着四周看一看，才开始吃草。今年春天开荒的时候，他们再也不会像以前那样累得精疲力竭了。晚饭的时候，爸爸都有兴致讲起笑话来了。

"天啊，这个犁简直可以自动犁地。"他说，"现在有了这么多新发明，大大节约了人力啊！说不定哪天夜里，等咱们都休息的时候，那犁会自己往前犁，等早上起来一看，都犁了一两亩地啦！"

一条条切开的土块底部朝外翻在犁沟里，土块里到处是被切断的草根。赤脚踩在刚犁过的犁沟里，真是又清凉又柔软，还有一种清新的泥土味道。卡莉和格蕾丝经常跟在犁后嬉戏。劳拉也想像她们一样，不过她已经快十五岁了，这样的年纪还在田里玩耍似乎有点不像话了。而且，每天下午，她还得陪玛丽出去散步晒太阳呢。

上午的事情都忙完以后，劳拉带着玛丽来到了草原上。春日温暖的阳光里，花儿争相怒放着，白云在草地上投下一片片移动的影子。

真是奇怪啊，她们还小的时候，玛丽因为年长一些，总喜欢发号施令。现在长大了，她们却似乎变得一样大了。她们喜欢一起走到很远的地方，享受着拂面的清风和温暖的阳光，路上随手摘几朵紫罗兰和金凤花，还会摘几片野菠菜吃。野菠菜开的花很好看，卷卷的花瓣很像薰衣草，叶子的形状又很像苜蓿，茎秆细细的，有着浓浓的酸味。

"野菠菜吃起来有一种春天的味道。"劳拉说。

"我觉得是有点柠檬的味道，劳拉。"玛丽温柔地纠正道。每次吃野菠菜之前，玛丽总是会问劳拉："你仔细看过了吗？上面没有虫子吧？"

"怎么会有虫呢！"劳拉反驳道，"这大草原多干净啊！以前哪见过这么干净的地方！"

"你最好还是仔细看看吧。"玛丽说，"我可不想把达科塔唯一的虫子吃进肚子里！"

两个人都笑了起来。玛丽现在那么无忧无虑，经常像这样说起笑话来。她戴着遮阳帽，神色那么安详，蓝色的眼睛清澈无比，声音也如此欢快，看起来完全不像一个失明的人。

　　玛丽一直这么乖。有时候劳拉都有点受不了了。不过，现在她似乎有了一些改变。有一次劳拉问她：

　　"你知道吗？以前你总是刻意表现得很乖，"劳拉说。"有时候我都有点受不了，真想扇你一巴掌。不过，现在你没有再刻意去做什么，就已经很乖啦。"

　　玛丽停下了脚步。"哎呀，劳拉，好可怕啊，你现在还想扇我吗？"

　　"不会了，不会了。"劳拉诚实地回答。

　　"你说的是实话？不是因为我瞎了才让着我？"

　　"不是的！真的，我说的是实话，我不会的，玛丽。我从来没有把你当做盲人来看待。我，我只是因为你是我的姐姐而感到很高兴。真希望我也能像你一样。不过估计也不可能了。"劳拉叹了一口气，"真不知道你是怎么一直这么乖的。"

　　"其实也不是像你想象的那样啦。"玛丽告诉她，"我确实一直在努力让自己乖一点，不过我的心里啊，也是会有一些反抗或者不好的想法，你要是看到了，或许就不会想像我一样了。"

　　"我能知道你心里的想法，从你的表现就能看出来啊。"劳拉反驳道，"你一直都那么有耐心，一点不好的想法都没有呢。"

　　"我能理解你为什么想扇我了，"玛丽说，"因为我一直都装作很乖的样子，其实心里未必是真的想这样，有时候只是装装样子罢了。我有时候会对自己说，看啊，我是多么乖的女孩子啊，其实有时候只是一种自我安慰，或者说是有点自负，就为这个，你真应该给我一巴掌。"

　　劳拉有点惊讶。她突然觉得自己其实一直都知道是这样的。不过，玛丽并不是这样的人。她赶紧说："不，怎么会啊，你根本不是那样的，真不是，你本来就很乖的。"

"人生必遇患难，如火星飞腾。"玛丽引用起《圣经》的话来，"不过这也没什么关系啦！"

"这是什么意思？"劳拉大声问道。

"我的意思是，有很多东西是我们生来就无法改变的，所以我们也并不需要总是纠结自己到底是好还是坏。"玛丽解释道。

"可是，要是不去想这些，怎么能变好呢？"

"我也不知道，确实不能吧。"玛丽承认道，"我也不知道怎么把我的意思表达得更清楚。不过——也不需要总是去想这些，怎么说呢，自己心里知道就好了。只要我们一直坚信，上帝是善良的。"

劳拉停下了脚步，玛丽也停了下来，因为如果劳拉不用胳膊挽着她，她也不敢自己向前迈步的。现在，她们站在一片绿色的海洋中间，绵延几英里的草地上开满了绚丽的花朵，在微风中起起伏伏，朵朵白云漂浮在蔚蓝无比的天空里，可是这些玛丽都看不到。谁都知道上帝是善良的，不过劳拉觉得玛丽一定是用一种特殊的方式坚信着这一点。

"你是坚信的，对吗？"劳拉说。

"是啊，我坚信，而且一直都坚信。"玛丽回答，"神是我的牧者，我不该有所求。是他让我躺在绿色的草地上，是他带领我到达静静的湖水边。我想这是最美的赞诗了吧。哎呀，我们怎么一直站在这儿啊，我都闻不到紫罗兰的香味了。"

"只顾着说话呢，都快跑到水牛坑旁边了。"劳拉说，"咱们还是往回走吧。"

她们转过身，劳拉看到低低的草坡一直从大泥沼旁边高低不平的草地蔓延到小小的棚屋。棚屋从这个角度看起来还没有鸡笼大，只有半个倾斜的屋顶。牛棚在野草中间若隐若现。再往前看，艾伦正带着两头小牛吃草，而往东边看，爸爸正在往新犁好的地里撒上玉米种子。

趁着土地还没有变得太干，爸爸尽力把犁开的土块都打碎了。他已经把去年犁好的土地耙松，撒上了燕麦种子。现在，他肩上绑了一麻袋玉米种子，手里拿着锄头，在开垦过的田地里慢慢撒着。

"爸爸在种玉米呢。"劳拉告诉玛丽，"咱们就从那边走吧，现在已经到了水牛坑旁边了。"

"好的，知道了。"玛丽说。他们又在原地站了一会儿，用力嗅着，灿烂的紫罗兰散发出浓浓的香味，像蜜糖一样甜。而水牛坑，是陷在草原上面的一片圆形凹地，像是一个三四英尺深的大碟子，里面密密麻麻地盛满了几千几万只紫罗兰。花儿开得那么密，都快已经看不到叶子了。

玛丽蹲了下来，深深地吸了一口气，她用手指轻轻触碰着一片片花瓣，然后摸索到细细的花茎，轻轻摘下了几束。

当她们走过爸爸正在播种的那片地的时候，爸爸也闻到了一股浓郁的紫罗兰香味。"玩得开心吧，孩子们？"爸爸朝她们笑了笑，但是并没有停下手里的活儿。他用锄头锄开了一小块土地，挖了一个小洞，往洞里撒上四颗玉米种子，拿锄头锄一片土盖住，用脚踩结实，接着再去种下一个。

卡莉看见了，也赶紧跑了过来，一下子把鼻子埋在了紫罗兰的花瓣里。

她本来是在照看格蕾丝的，而格蕾丝只愿意跟着爸爸在田里玩，她已经完全被那一条条蠕动的蚯蚓给吸引住了。每当爸爸把锄头插进土地里，她就好奇地盯着看有没有蚯蚓，要是看到那细细长长的虫子缩成粗粗短短的一截，然后又迅速钻进土地里，她就会咯咯地笑起来。

"为什么蚯蚓断成了两截，还能伸缩着往土里钻呢，爸爸？"

"它们肯定很想回到土地里面吧。"爸爸说。

"为什么呢，爸爸？"格蕾丝继续问道。

"它们就是很想啦。"爸爸说。

"它们为什么要回到土地里面呢，爸爸？"

"你为什么喜欢在脏兮兮的田里玩啊？"爸爸反问道。

"到底是为什么呢，爸爸？"格蕾丝还是继续追问，"你撒了几粒玉米？"

"那是玉米种子。"爸爸说，"一共四粒，一、二、三、四。"

"一、二、四。"格蕾丝说，"为什么要撒四粒呢，爸爸？"

"这个简单。"爸爸说。

　　　　一粒喂乌鸫，一粒喂乌鸦，

　　　　只剩下两粒，新芽破土地。

菜园里萝卜、莴苣和洋葱都长了出来，形成一小排一小排深浅各异的绿色。豌豆皱皱的小叶子从土里钻了出来。番茄细细的茎秆上，也展开了几片边缘参差不齐的新叶。

"我一直留意着这菜园呢，该松松土啦！"妈妈说道。而劳拉正把手里那束紫罗兰泡在一个盛着水的杯子里，放在了餐桌上，给屋子里增添了一股芬芳。"我看黄豆芽随时都会冒出来啦，天气越来越暖和了。"

后来，一个温暖的早晨，黄豆芽破土而出了。格蕾丝一看见，就激动地大叫着告诉了妈妈。整整一个早上，格蕾丝都聚精会神地盯着黄豆芽看，怎么哄都哄不走。在光秃秃的土地上，黄豆一个接一个破裂开来，茎秆像铁弹簧一样弹了出来，而温暖的阳光下，两片裂开的豆瓣仍然牢牢地抓着一对儿小叶子不放。每当一个豆子炸开来，格蕾丝都忍不住尖叫起来。

现在玉米已经种好了，爸爸就开始准备建造小棚屋的另一半了。一天早上，他先把横梁放好，又做了一个架子，劳拉帮他架起来，沿着准绳放好，爸爸拿钉子钉了起来。然后他插上间柱，装上两扇窗户的框架。接着又加上椽木，把另一边的屋顶也盖好了。

劳拉一直在旁边给爸爸帮忙，卡莉和格蕾丝就在旁边看着，要是爸爸不小心弄掉了钉子，她俩就会跑过去捡起来。甚至连妈妈偶尔也会停下手里的活儿，到这边看一看。小棚屋渐渐变成了一座完整的房子，真是神奇啊！

建好之后，房子里面有了三个房间。新建的那半部分是两个小小的卧室，每一间都有一个窗户。现在，再也不用把床放到客厅啦！

"真是一举两得啊！"妈妈说，"搬家的同时也顺便来了个春季大扫除！"

他们把所有的窗帘和被子都洗干净，挂在外面晾着。然后把新装上的两扇窗户擦得闪闪发光，挂上旧被单改成的窗帘，玛丽还用细腻的针脚在窗帘上缝了漂亮的褶边。妈妈和劳拉在新房间里搭上了床架，床架都是用新砍的木板做的，闻起来有着非常清新的树木味道。劳拉和卡莉从干草堆中间掏出最光亮的干草把褥套塞满，铺上妈妈刚熨过的暖和床单，盖上了闻起来满是草原香味的被子。

然后妈妈和劳拉把原来那一半棚屋的角角落落都打扫得一尘不染，以后这里就当成客厅使用了。床一搬走，这里就显得很宽敞，里面只有一个炉子、几个碗橱，一张桌子，几把椅子，还有一个古董架。等屋子里里外外都收拾得干干净净整整齐齐之后，一家人都站着不停地赞叹着。

"劳拉，你都不用跟我描述，我就能感觉到这屋子里多宽敞多清新多漂亮。"玛丽说。

微风透过敞开的窗户吹了进来，轻轻掀起崭新的白色窗帘。干净的木板墙和地板是温和的黄灰色。桌子上的蓝罐子里插着卡莉从草原摘来的野花和风信子，好像春天也钻进了屋子里。刷过漆的古董架摆放在角落里，又时髦又漂亮。

古董架最低一层摆放着几本书，午后的阳光洒了进来，书脊上金色的书名显得如此清晰，摆在上面一层的三只玻璃盒子也反射出好看的光泽，每一个盒子上都画着小小的花朵。再往上一层，放着一个钟表，钟面上的镀金花朵也闪耀着夺目的金光，就连黄铜钟摆也是金灿灿的，轻轻地来回摆动着。再往上，也就是架子的最上面一层，放着劳拉的白瓷珠宝盒，盒盖上放着小小的金杯子和托碟，卡莉的一条棕白色相间的小瓷狗坐在旁边，仿佛在看守着这个珠宝盒。

两间新卧室中间的门上，妈妈挂了一个木头托架，那是爸爸削出来送给妈妈的圣诞礼物，还是很久以前住在威斯康星大森林时候的事。小小的架子上每一片小小的花瓣和叶子，边缘每一根小小的藤蔓，顶上的大星星，还有一直蔓延到顶端的大藤蔓，都还像爸爸刚用折叠刀刻出来的时候一样完美。架子上还放着妈妈的陶瓷牧羊女，这是一个老古董了，比劳拉的年龄还要大。她正朝着大家微笑。

这个屋子可真漂亮啊！

需要养只猫

现在，黄绿色的玉米新芽从土地犁沟里钻了出来，像是一排排飘动的丝带。一天晚上，爸爸走在田地里观察着这些新芽，回来后看起来又累又气。

"有一大半的玉米都得重新种。"爸爸说。

"啊，为啥啊，爸爸？"劳拉问道。

"有地鼠。"爸爸说，"不过，这地是刚开垦的，又是第一茬玉米，难免会这样。"

格蕾丝抱着他的腿。爸爸把她抱了起来，用胡茬蹭她的脸，痒得她咯咯笑个不停。她还记得那首播种的歌谣，于是就坐在爸爸膝盖上得意地唱着：

> 一粒喂乌鸫，一粒喂乌鸦。
>
> 只剩下两粒，新芽破土地。

"这是东部人编的，"爸爸告诉她，"现在咱们来到了西部，得编一编属于咱们自己的歌谣。格蕾丝，你要不要试试看？"

> 一粒喂地鼠，两粒喂地鼠，
> 三粒喂地鼠，四粒没破土。

"天啊，查尔斯！"妈妈打断了她，笑了起来。并不是因为这几句俏皮的话有多么好笑，而是看到格蕾丝编这首歌谣的时候爸爸给她的调皮眼色。

他刚一种上玉米种子，就被长着斑纹的地鼠发现了。田里的地鼠到处乱蹦，然后停下来用小爪子挖开细细的土壤。奇怪的是，它们似乎很清楚地知道玉米种子在哪儿埋着。

这些小东西蹦来蹦去，挖开土壤，直直地坐在地上，两只小爪子捧着玉米粒，小口小口地啃着，就这样竟然把半个玉米田都吃掉了，真是让人大跌眼镜。

"地鼠是害虫啊！"爸爸说，"咱们要是有只猫就好了，要是咱家的黑猫苏珊还在，地鼠肯定早吓跑啦！"

"是啊，屋子里也需要猫。"妈妈表示同意，"我看现在屋子里老鼠多的是，要是碗柜里的东西不盖着，肯定早被老鼠啃了。不过，在这个地方，去哪儿找只猫呢？"

"依我看，这地方根本就没有猫。"爸爸回答，"镇上杂货店的店主们也愁着呢，威尔玛斯说要从用船从东边运过来一只。"

这天晚上，劳拉睡得正香，突然就被惊醒了。卧室中间的缝隙里传来一阵喘息声，一阵咕哝声，还有什么小东西摔到地上的声音。她听到妈妈说："查尔斯，怎么回事？"

"我做了一个梦。"爸爸低声说,"梦到一个理发师在给我剪头发。"

妈妈也压低了声音,因为现在是半夜,大家都还在睡梦中呢。"只是个梦而已,躺下来继续睡吧,我去把被子捡上来。"

"我听到理发师的剪刀咔嚓咔嚓地剪啊。"爸爸说。

"好啦,躺下来继续睡吧。"妈妈打着哈欠说。

"我的头发被剪掉了!"爸爸说。

"以前从没见过你做个梦就这么魂不守舍的。"妈妈又打了个哈欠,"躺下来接着睡吧,翻个身就不会再梦到了。"

"卡罗琳,我的头发真的被剪了!"爸爸重复道。

"你到底什么意思啊?"妈妈现在也有点清醒了。

"我是说,"爸爸说道,"我在梦里抬起手,然后——就是这儿,我头上的这里。"

"查尔斯,你的头发真的被剪了!"妈妈大叫道。劳拉听到她从被窝里坐了起来。"我摸到了,你头上真的有块地方——"

"是的,就是那儿。"爸爸说,"我抬起手——"

妈妈打断了他:"你头上真的有块地方秃了,有我手掌这么大!"

"我抬起手,"爸爸继续说道,"然后抓到了什么东西——"

"啊?什么东西啊?"

"八成,八成是老鼠。"爸爸说。

"哪去了?"妈妈叫道。

"我也不知道,我使劲儿扔了出去。"爸爸说。

"天啊!"妈妈有气无力地说,"肯定是老鼠,啃了你的头发做窝呢。"

过了一会儿,爸爸说:"卡罗琳,我真是想骂这个东西——"

"好了好了，查尔斯。"妈妈咕哝道。

"唉，真是气死了，不过我也不能为了看着老鼠不要爬到我头发上就整夜不睡觉吧！"

"要是有只猫就好了。"妈妈绝望地说道。

早上起来，确实有一只死老鼠在墙边躺着，就是昨晚爸爸扔出去的位置。早饭的时候，爸爸走了出来，后脑勺上有块头皮几乎都快露了出来，头发都被老鼠啃掉了。

本来倒没什么大不了的，但是爸爸就要去县委开会了，这最后几天头发根本不可能长出来。这个村子发展得太快了，现在已经形成了一个县，爸爸得去帮忙。作为最早的定居者，这是义不容辞的。

会议将在小镇东北部四英里左右怀特家的宅地举行。怀特夫人肯定也会出席的，所以爸爸也不能一直戴着帽子，那样多不礼貌啊。

"不要紧，"妈妈安慰道，"你就实话告诉他们吧，他们家肯定也有老鼠。"

"我们还有很多重要的事情要讨论呢。"爸爸说，"算了，还是不要花时间解释了，就让他们以为我夫人帮我剪的头发就是这个样子吧！"

"查尔斯，你怎么能这样啊！"妈妈大叫了一句，才反应过来爸爸是在故意逗她呢。

那天早上，他驾着四轮马车到县里开会去了，走之前告诉妈妈别等他吃午饭了。来回有十英里路要走呢，再加上开会的时间，估计是来不及的。

最后，爸爸驾车回到马厩的时候，大家正好在吃午饭。他一解开马身上的绳子，就赶紧往屋子里跑，差点和正往外跑的卡莉和格蕾丝撞个满怀。

"孩子们！卡罗琳！"他大喊，"猜猜我给你们带什么回来了？"他的手藏在口袋里，眼睛闪烁着光芒。

"糖果！"卡莉和格蕾丝几乎同时叫了起来。

"比这个好！"爸爸说。

"是信吗？"妈妈问。

"是报纸吗？"玛丽猜道，"《前进报》之类的。"

劳拉盯着爸爸藏在口袋里的手，发现里面有什么东西在动，但她敢肯定不是爸爸的手在动。

"先让玛丽看看吧！"爸爸告诉大家。他把手从口袋里掏了出来，手掌里是一只灰白相间的小猫咪。

他小心翼翼地把小猫放在玛丽手里。玛丽用指尖轻轻抚摸着小猫柔软顺滑的皮毛，然后又轻轻碰了碰小猫小小的耳朵、小小的鼻子还有小小的爪子。

"小猫咪！"她惊奇地叫了起来，"可真小！"

"眼睛都还没睁开呢！"劳拉告诉她，"胎毛是烟雾一样的灰色，脸、胸口、小爪子还有尾巴尖是白色的。小小的爪子真是可爱啊！"

"本来不应该这么小就从母猫身边抱过来的，"爸爸说，"但这是个难得的机会，不能错过啊，不然就会被别人抱走了。怀特家的母猫是从东部运过来的，生下了五只小猫，今天卖出去了四只，一只五毛钱。"

"你不会也花了五毛钱吧，爸爸？"劳拉瞪大眼睛问道。

"是啊。"爸爸说。

"我不会怪你的，查尔斯，这钱花得值，家里确实需要一只猫。"妈妈赶紧接过话来。

"这只小猫能交给我们养吗？"玛丽试探着问了句。

"当然可以。"妈妈保证，"我们要经常喂东西给它吃，仔细洗洗它的眼睛，而且还不能让它着凉。劳拉，你去找个小盒子来，再从碎布包里挑几块柔软暖和的碎布来。"

劳拉用纸板盒子给小猫做了一个又舒服又柔软的小窝，而妈妈去热了一点牛奶。大家看着妈妈把小猫放在手里喂奶喝，每次就用汤匙舀一点点。小猫小小的爪子抓着汤匙，伸着粉嫩的小嘴，一小口一小口把温暖的牛奶喝进了肚子，不过也顺着下巴流下去不少。然后大家把小猫放进窝里，玛丽温暖的手抚摸着它，小猫舒服地蜷在盒子里，渐渐进入了梦乡。

"据说猫有九条命呢，所以它肯定能活很久的，你们就瞧着吧！"妈妈说。

快乐时光

爸爸说镇子发展得很快，不断有人拥过来，迅速建起一座座房屋定居下来。一天晚上，爸爸和妈妈去镇上帮忙组织了教会。很快，教堂的地基就打好了，因为没有足够的木匠，爸爸也干起了木匠活儿。

每天早上，他做完家里的一些杂活儿，用一个锡制饭盒装好午饭，再步行到镇上去。他每天早上七点钟就赶紧开始干活了，中午只稍微休息一小会儿，一直忙到下午六点半，才能回家吃晚饭。这样每周的报酬有十五块钱。

这是一段快乐的日子，菜园里的蔬菜生机勃勃，玉米和燕麦也很旺盛，小牛也已经断奶了。这样一来，脱过脂的牛奶可以拿来做白干酪，乳脂可以用来做黄油和酸奶，当然更让人开心的是，爸爸现在能赚不少钱。

劳拉在菜园里干活儿的时候，常常禁不住想起玛丽去上学的事情，两年前他们就听说过在爱荷华州有一所盲人专科学校。大家天天都想着这件事，每天晚上大家都祈祷玛丽可以去那所学校学习。失明之后，最让玛丽悲伤的就是无法再继续学习了。她那么喜欢读书，而且一直梦想着能成为一名老师。现在，这个梦想再也无法实现了。劳拉虽然不喜欢教书，但是等她年龄再大些还是必须得去当老师，好挣钱给玛丽上学。

"这都没关系的，"她锄地的时候心想，"至少我可以看得见。"

她可以看见锄头，可以看见大地上各种各样的色彩，可以看见叶子上的光斑，也可以看见豌豆藤的影子。她只需要轻轻一瞥，就能够看到绵延几英里的草地在风中起伏，可以看到远处的天际线，飞翔的鸟儿，草坡上的母牛艾伦和小牛，还有深蓝浅蓝的天空，以及夏日里大片雪白的云朵。她可以看得到这么多，可是玛丽所能看到的，只有黑暗。

她锄着地，虽然有点不敢奢望，但她还是希望玛丽今年秋天就可以去读书。爸爸赚了这么多钱。要是玛丽可以去读书，劳拉一定会尽自己最大努力好好学习，等十六岁的时候就肯定能去教书了，然后就可以赚钱供玛丽读书了。

一家人都需要新衣服和鞋子穿，但是爸爸不得不把钱花费在面粉、食糖、茶叶和咸肉这些必需品上。建造另一半房子的木材也花了不少钱，还得买点煤过冬，还要交税。不过今年家里有了菜园，种了玉米和燕麦，等后年的时候，地里的东西就足够他们吃的了。

要是能再喂几只母鸡和一头猪，那样他们就能有肉吃了。现在，这里的土地已经被开垦出来了，根本没有什么猎物，所以想吃肉的话要么去买要么自己养。也许明年爸爸就能买几只母鸡和一头猪了。肯定会有定居者带过来一些的。

一天晚上，爸爸进屋的时候，满脸喜色。

"卡罗琳，孩子们，你们猜怎么着？"他高兴得几乎唱了起来，"我今天在镇上看到博斯特了，他跟我传达了他夫人的话，说他家母鸡现在正在孵的这窝小鸡是准备给咱们的。"

"太好了，查尔斯！"妈妈说。

"等小鸡们再长大点，可以自己觅食了，他就把一窝都给咱们。"爸爸说。

"天啊，查尔斯，真是好消息，博斯特太太真是太好了！"妈妈感激地说，"不知道她现在怎么样了？博斯特先生有没有说什么？"

"他说一切都很好，只是博斯特夫人太忙了，今年春天连去趟镇上的时间都没有，不过她心里一直惦记着你呢。"

"给咱们整整一窝小鸡啊！"妈妈说，"谁还会像她这么大方啊！"

"他们刚来这里那会儿，刚结婚，在暴风雪里迷了路，方圆四十里就咱们一家人，还是你接待他们的，他们不会忘了这件事的。"爸爸提醒她，"博斯特现在还常常提起来呢。"

"哎呀，这都不算什么，她要送给咱们一整窝小鸡啊——整整给咱们节约了一年的时间啊。"

要是小鸡不被老鹰、地鼠或者狐狸抓走，夏天就会长大。等来年，小母鸡们就可以下蛋了，咱们就有鸡蛋孵小鸡了。再过一年，就可以炸公鸡吃，然后母鸡会越来越多，鸡群就渐渐扩大起来了。到那时候，我们不但有鸡蛋吃，等母鸡老了不能下蛋了，还可以杀了做鸡肉派呢。

"要是明年春天爸爸可以买头小猪回来，"玛丽说，"过几年，咱们就可以吃到炸火腿和煎鸡蛋了。还有猪油、腊肠、排骨和奶酪！"

"格蕾丝就可以烤猪尾巴了！"卡莉插了一句。

"为啥我要烤猪尾巴呀？"格蕾丝想知道，"猪尾巴是什么啊？"

卡莉还能想起杀猪的场景，不过格蕾丝就从来没经历过这些。她没见过猪尾巴在壁炉前嗞嗞作响，最后烤成棕褐色的样子，没见过刚出锅的脆脆的美味多汁的小排骨，没见过蓝色大浅盘里装着的浓香四溢的腊肠饼，更没见过淋着棕红色肉汁的烤薄饼。她只记得来到达科塔土地之后的事情，她见过的只是爸爸偶尔买回来的肥肥的白色咸肉。

但是不久的未来，他们又会有这么多好东西吃了，好日子就要来临了。现在虽然活儿很多，但因为对未来有那么多的憧憬，日子也过得飞快。大家白天忙个不停，都没有时间去想爸爸了。爸爸每天晚上才回来，给大家带回镇上的消息，家里人也总是有很多事情要告诉他。

有一天，发生了一件激动人心的事情，大家都忍不住想要早点告诉爸爸，还怕他会不相信呢。故事是这样的：

当时，妈妈在整理床铺，劳拉和卡莉在洗早餐的盘子，大家突然听到小猫一阵尖叫，然后瞪大眼睛，窜过地板，追赶着格蕾丝用绳子拉着的一片纸。

"格蕾丝，小心点！"玛丽大喊，"别伤到了小猫。"

"我没有伤小猫。"格蕾丝赶紧回答。

玛丽还没来得及说话，小猫又大声尖叫了起来。

"格蕾丝，别捣乱了！"妈妈从厨房喊道，"你是不是踩到小猫了？"

"没有，妈妈。"格蕾丝回答。小猫还是拼命地叫着，劳拉停下手里洗着的盘子，转过身来。

"格蕾丝，别捣乱了！你到底把小猫怎么了？"

"我什么也没干！"格蕾丝嚎叫道，"不知道它跑哪儿去了！"

大家都没见到小猫的踪影。卡莉在壁炉后面和木盒子后面都没有找到，格蕾丝掀起桌布钻到桌子底下，想看看小猫在没在下面，可是也没有。妈妈看了看古董架最底部的架子下面，劳拉则把两个房间都找遍了。

然后，大家又听到了小猫的尖叫。妈妈发现它在一扇开着的门后面。在门和墙中间，小小的猫咪正紧紧抓着一只大老鼠。这只棕色的老鼠非常大，几乎和还走不稳的小猫一样大了。老鼠在小猫爪子下面挣扎着，到处乱咬。老鼠咬到小猫的时候，小猫就大叫一声，但还是牢牢地抓着不放。小猫的腿绷得紧紧的，牙齿咬进老鼠松软的毛皮。小猫小小的腿还没什么力气，差点摔倒了。老鼠一次又一次地咬着它。

妈妈赶紧把扫帚拿了过来。"你抓住小猫，劳拉，我来对付这只老鼠！"

劳拉虽然照做了，但还是忍不住说："我觉得还是不要这样吧，妈妈！她在努力呢，这是它自己的战斗！"

劳拉抓着小猫，小猫又一使劲儿，跳到了老鼠身上，它把老鼠压在前爪下面，老鼠又咬了它一口，小猫又尖叫了一声。然后小猫张开嘴狠狠地咬住了老鼠的脖子。老鼠吱吱叫了几声，就无力反抗了。这只勇敢的小猫，凭着自己的努力，咬死了一只老鼠——它生命中抓到的第一只老鼠。

"真是太精彩了！"妈妈说，"第一次看到这样的猫鼠大战！"

要不是小猫很小就离开了妈妈，这个时候猫妈妈肯定在舔舐小猫的伤口，小猫一定也会自豪地呜呜叫着，可是现在没有机会这样了。妈妈仔细地把小猫身上被老鼠咬伤的部位清洗干净，然后拿来温热的牛奶给它喝。卡莉和格蕾丝轻轻抚摸着小猫小小的鼻子和柔软的脑袋，玛丽温暖的手抚摸着小猫的皮毛，小猫很快就蜷缩着睡着了。格蕾丝拎着死老鼠的尾巴，把死老鼠扔得远远的。然后后面大半天大家都在说，等爸爸回来，必须要讲这个神奇的故事。

爸爸回来了，他洗了洗脸梳了梳头发，坐下来准备吃晚饭。劳拉先是给爸爸汇报了今天一些家务事的情况，她告诉爸爸她给家里的几匹

· 025 ·

马、母牛艾伦和小牛们都喂了水，还挪了拴马桩。现在天气这么好，没必要再把这些牲畜们圈在马厩旁边。它们就直接躺在星空下休息，随时都可以起来吃几口草。

接着她就讲起了小猫的传奇故事。

爸爸说他从来没听过这样的故事。他看了看灰白色的小猫咪，它正竖着细细的尾巴，在地板上小心翼翼地走着。爸爸说："这只小猫肯定会是整个县最厉害的猎鼠能手。"

这一天，大家都很心满意足。除了晚饭的碟子还没洗，今天已经没什么活儿了。大家吃着美味的面包黄油、炸土豆、农家干酪，还有蘸了醋和盐的莴苣叶子。

敞开的门窗外面，草原已经完全被夜幕笼罩，不过天空依然是一片灰白色，几颗星星开始眨起眼睛。风儿轻轻吹来，也搅动了屋子里的空气。草原上清新的气息混合着火炉的温暖，混合着食物、茶水、干净香皂的香味，还有新卧室木板的微弱余香，在屋子里久久弥漫着。

大家都感到非常满足，而或许其中最让人感到欣慰的是，明天会像今天一样让人感到满足，但或许还会有些不同，就像今天会发生这样的故事一样。可是劳拉不知道明天会有什么不同，直到爸爸问他："你想不想到镇上工作？"

到镇上工作

一个女孩子除了到旅馆做女工，真想不出还可以到镇上做什么工作。

"克兰西有个新点子。"爸爸说。克兰西先生是新商人大潮中的一员，爸爸正在帮他盖商店。"我们快把店铺盖好了，他正把他的一些布料搬进来呢。他岳母也跟着他们一起来到西部了，准备在店里做衬衫。"

"做衬衫?"妈妈问道。

"是啊，这附近有很多单身汉，克兰西觉得要是有人在店里做衬衫，那些没有女人帮着做缝纫活儿的单身汉就可以在这里做衬衫了，这样布料生意也会越来越好。"

"确实是个好主意!"妈妈赞同道。

"那当然! 克兰西这个人啊，想到什么就立马去做!"爸爸说，"他已经弄了台缝纫机回来。"

妈妈来了兴趣。"缝纫机? 是不是像在《洋际报》上看到的那样? 怎么用的呢?"

"就跟我之前想的差不多，"爸爸说，"脚踩着踏板，前后交替用力，轮子就会转动起来，针也就一上一下地缝纫了。针的下面有一个巧妙的小装置，上面缠满了线。克兰西给我们一些人看过。这个机器运行起来速度非常惊人，缝纫出的东西很整齐，你看了肯定满意。"

"不知道这东西要花多少钱。"妈妈说。

"一般人肯定买不起的。"爸爸说，"不过克兰西把这当做一种投资，他说以后可以把这些钱连本带利挣回来。"

"是啊，肯定的。"妈妈说。劳拉知道妈妈心里肯定在想，有了这架机器，可以少做多少活啊！不过即便他们拿得出钱，也不可能为了自己家用就买一台吧。"他是不是想叫劳拉去操作缝纫机啊？"

劳拉有点害怕。万一那价值不菲的机器出了什么故障，她可承受不起。

"哎呀，不是的，怀特夫人会自己去操作的，"爸爸回答，"她希望身边有个心灵手巧的姑娘帮忙手工缝纫呢。"

他又转头对劳拉说："他问我有没有这样的女孩推荐，我告诉她你缝纫活儿做得不错，所以她想叫你过去帮忙。克兰西太太那边有太多衣服的订单了，自己根本忙不过来，她说要是做得好，每天会给两毛五分钱的报酬，还管午饭吃。"

劳拉迅速在脑海里计算了一下。这样的话，一周能挣一块五，一个月就能挣六块多了。要是做得好，怀特太太高兴的话，她可以在那边做一整个夏天。那样，她就可以赚到十五块钱了，也许还能赚到二十块，这些钱就可以拿来供玛丽上学了。

劳拉根本不喜欢到镇上去工作，她害怕与一群陌生人打交道。可是，一想到这样就能赚到十五块钱，或者十块钱五块钱，她又怎么会拒绝呢？她咽了咽口水，问妈妈："我可以去吗？"

妈妈叹了一口气。"虽然我不想叫你去,不过好在你不是自己一个人到镇上,爸爸也在的,你要是想去的话,就去吧。"

"真不想离开家,这样所有的家务活儿都要你来做了。"劳拉支支吾吾地说。

卡莉急忙说自己可以帮忙。她能自己整理床铺、打扫卫生、刷锅洗碗,还能去菜园撒种子。妈妈说,玛丽在家也能帮不少忙,而且现在牲口都拴在了外面,晚上也没有很多家务事要做了。她说:"我们会想你的,劳拉,不过家里的事我们肯定能应付好。"

第二天早晨，时间很仓促。劳拉给艾伦喂了牛奶和水，然后就赶紧洗脸刷牙，把辫子编起来。她穿上了崭新的印花棉布裙子，套上袜子和鞋子，拿一条新熨烫过的围裙把顶针卷了起来。

她匆匆忙忙吃了几口早餐，连什么味道都没有尝出来，然后就系上遮阳软帽，赶紧和爸爸一起出发了。他们必须在七点钟之前到达镇上开始干活。

早晨的空气十分新鲜。百灵鸟在草原上唱着动听的歌儿，一大群白鹭从大泥沼上面朝着天空飞去，细长的双腿悬在身子下面，它们伸长脖子，兴奋地叫着，叫声十分短促。这样的早晨多么美好啊，周围的一切都散发着勃勃的生机，不过爸爸和劳拉根本没时间停下来好好欣赏。他们要和太阳赛跑。

太阳毫不费力地就升起来了，爸爸和劳拉不得不飞快地往前赶，他们沿着小路往北走，一直走到主街的最南边。

小镇变化可真快，这里看起来已经是一个全新的地方。主街西边整个街区筑起了一座座崭新的棕色松木建筑。面前是一条木板铺成的崭新人行道。不过爸爸和劳拉没时间过到街道对面去了，他们在尘土飞扬的小道上一前一后往前赶着路。

在街道这边，草原依然覆盖了所有的空地，一直延伸到主街和第二大街转角处爸爸的马厩和办公的地方。再往前，拐角处的空地上已经建起了一座新建筑的间柱。他们继续匆匆忙忙地朝前走，走过空地，一直来到克兰西的新店铺门前。

店铺里面所有的东西都是崭新的，隐约还能闻到木屑的清香，以及新布浆洗过的味道。在两个长长的柜台后面，沿着两边的墙摆放着两排架子，架子上成卷的布匹一直摆到天花板，里面有薄棉布、印花棉布、细亚麻布、轻质毛料、羊绒布、法兰绒布，甚至还有丝绸。

这里不卖生活用品，不卖五金器具，也不卖鞋子和器具。整个商店就只卖布料，劳拉以前还从来没见过只卖布料的商店呢。

她的右手边，有一个盖着玻璃的矮柜台，里面摆着各式各样的纽扣、缝衣针和大头针。柜台旁边的架子上，放着一个个五颜六色的线轴。阳光从窗口洒进来，照在这些彩线上，显得非常漂亮。

缝纫机就摆在另一个柜台里面靠近窗户的地方。镍制的零件和长长的缝针闪闪发亮，漆过的木头泛着好看的光泽。一卷白线立在缝纫机上面的细轴上。劳拉怎么也不曾想过自己会有机会去接触这样的东西。

克兰西先生在两位顾客面前展开一卷印花棉布，这两个人的衣服都脏兮兮的。一个又胖又壮的女人，黑色的长发松散地绾在一起，正在把几块报纸大小的印花棉布缝在一起，在缝纫机旁边的柜台上铺开。爸爸拿掉帽子，给她打了声招呼。

他说："怀特夫人，这是我女儿，劳拉。"

怀特夫人把针从嘴里拿出来，说道："希望你是个手脚麻利、做事利索的姑娘。你会粗缝贴边，或者做出好看结实的扣眼吗？"

"会的，夫人。"劳拉说。

"那好，你可以把帽子挂在那边的钉子上，我们开始吧。"怀特夫人说。

爸爸给了劳拉一个鼓励的微笑，然后就离开了。

劳拉真希望自己那种紧张担心的感觉可以快点消失。她把帽子挂起来，系上围裙，套上顶针。怀特夫人拿了几块布交给劳拉，叫她搬个板凳去缝纫机所在的窗户旁边去缝。

劳拉迅速把直背椅子往后拉了拉，这样缝纫机就能把自己遮住一些，不被街上的人看到。她埋下头开始工作，缝得很快。

怀特夫人没说什么，她正小心翼翼地把样片放在布料上，用长长的大剪刀一件一件地剪着衣服的布块。劳拉刚粗缝好一件衣服，怀特夫人就立马接过来再拿给她一件新的来缝。

过了一会儿，怀特夫人坐在了缝纫机后面，用手转动着轮子，双脚迅速地踏着下面的踏板，好让轮子一直保持转动。缝纫机发出咯噔咯噔的声音，像是一只巨大的蜜蜂在脑子里嗡嗡直响。轮子飞快地转动着，看起来已经一片模糊，而缝衣针也变成了一束银光。怀特夫人胖胖的手里抓着布，在针下面迅速地往前推着。

劳拉尽快地粗缝着衣服，把缝好的放在怀特夫人左手边的那一堆里面，然后从柜台拿来另一件继续缝。怀特夫人从那堆缝好的衣服里拿出一件，在缝纫机上缝好，放到右手边。

这些衣服就按照这样的顺序缝制了出来，劳拉从柜台上拿起衣服粗缝一遍放到一堆，怀特夫人再拿起来在缝纫机上缝一遍，最后堆到另外一堆。这个流程就像男人们在草原上修铁路的时候围成的圆圈一样。不过在这儿，只有劳拉的手在一刻不停地忙活着，手里的针线迅速地沿着缝合边移动着。

她的肩膀有点酸，脖子后面也痛了起来。她感到胸口有些闷，双腿又累又沉。机器咯噔咯噔的声音不停地在脑海里作响。

突然，机器停了下来。"好啦，最后一件完成啦！"怀特夫人说道。

可是劳拉还是得把衣服拿过来，把袖口和腋下缝好，而柜台上还有一件衣服的布片等着她缝呢。

"这件我来吧。"怀特夫人说着把那些布片拢了过来，"咱们必须赶一赶了。"

"好的，夫人。"劳拉说。她觉得自己应该缝得再快点，可是她已经尽了最大努力了。

一个大个子男人站在门口朝里面望了望。他脸上脏兮兮的，满脸红色胡茬，好像很久没有刮过了。他朝里面喊道："克兰西，我的衣服做好了吗？"

"下午就好了。"克兰西先生回答道。

大个子离开后，克兰西先生问怀特夫人，那个人的衣服什么时候可以做好。怀特夫人说她也不知道是哪一件。克兰西先生就骂了几句。

小小的劳拉坐在大大的椅子里，迅速地缝着手里的衣服。克兰西先生从那堆衣服里抓起一把，差点摔到了怀特夫人脸上。他一边喊一边骂，叫她在吃晚饭前一定得做好，要不然一定得问问她为什么会这么慢。

"你凭什么对我指手画脚啊！"怀特夫人生气了，"无论是你还是其他棚屋里的爱尔兰人，都没有这个权利！"

劳拉没有听清克兰西先生后来又说了什么。她真的很想离开这里。不过怀特夫人叫她一起来吃晚饭。她们来到了店铺后面的厨房，克兰西也气冲冲地跟着过来了。

厨房里，又热又挤，非常嘈杂。克兰西夫人把晚饭摆在桌子上，三个小女孩和一个小男孩互相推来推去，想把对方推下椅子。克兰西夫妇还有怀特夫人坐着一边吃一边扯着嗓子争吵着。劳拉根本不理解他们在争吵什么。她甚至分不清克兰西先生是在和他夫人吵架还是和他岳母吵架，也不知道她们是在跟克兰西吵架还是在互相争吵。

大家看起来都气冲冲的，劳拉真害怕他们会打起来。克兰西先生偶尔还大喊着"把面包拿过来！"或者"给我添点水！"之类的话，每次克兰西夫人都会照办，但同时几个人还是大吵大叫着。孩子们根本不在意这些，自顾自地互相打闹着。劳拉却坐不下去了，她根本没什么心情吃饭了，只想赶紧离开这里。所以她立马就回去继续干活儿了。

克兰西先生哼着小曲儿从厨房走了出来，那感觉仿佛他刚刚和自己的家人享用了一顿美味而宁静的晚餐。他高兴地问怀特夫人："那些衣服你什么时候能做完？"

"再过几个小时差不多了。"怀特夫人保证，"我们两个人都在缝呢。"

劳拉想起了妈妈说过的话："世界上真是什么样的人都有。"

两个小时后，她们果真缝完了那四件衣服。劳拉小心翼翼地缝着衣领，要想把衣领整整齐齐地缝在衣服上可不是一件容易的事。怀特夫人接着就把粗缝好的衣服放在缝纫机上缝了一遍。然后还要把袖口缝在袖子上，把衣服下面的窄褶边缝好，接着再去缝前襟和袖边。做完了这些之后，还要把一粒粒小扣子缝在衣服上，最后还得做扣眼。

开扣眼也是个麻烦事。每个扣眼之间的间隔要保持一样，扣眼的大小也要相同。剪刀多用力一点点，扣眼就会太大，而哪怕差了几毫米没剪开，扣眼又会太小。

怀特夫人剪好扣眼，劳拉就赶紧用密集的针脚锁好边，她缝得非常均匀，针脚相当细密。她很讨厌做扣眼，所以她就做得飞快，这样就可以赶紧做完了。怀特夫人看到了，说道："你做扣眼比我厉害啊！"

那四件衣服做完以后，这一天就只剩下三个小时的工作了。怀特夫人继续裁剪着布片，劳拉也不停地缝着。

劳拉从来没有一动不动地坐这么久过。她的肩膀酸痛，脖子也痛，手指被针刺得粗糙起来，眼睛又干又涩，有些模模糊糊的。有两次她都要把缝错的拆掉重新缝。最后，她看到爸爸来接自己了，兴奋得赶紧收起手里的活儿，从椅子上跳了起来。

他们轻快地朝家里走去。忙忙碌碌的一天终于结束了，现在太阳都已经快要落山了。

"今天你第一天工作，感觉怎么样？"爸爸问道，"还不错吧？"

"我想是吧，"他回答，"怀特夫人夸我扣眼做得很好呢。"

玫瑰之月

　　整个美丽的六月里，劳拉一直都在缝衣服。大片大片粉色的野玫瑰在草原上盛开着，可是劳拉只能在早上和爸爸一起赶去镇上工作的时候匆匆瞥一眼。

　　早晨，柔和的天空渐渐变成清亮的蓝色，缕缕夏日的云彩在空中游荡着。微风里充斥着玫瑰花的香味，沿途路边到处能看到刚刚绽放的花朵，粉嫩的花瓣，鲜黄的花心，看起来就像是一张张漂亮的小脸。

　　等到了正午，她知道，蔚蓝的天空便会飘起大片洁白的云朵。云影渐渐掠过随风舞动的草原和玫瑰。可是这些她都看不到，因为那时她在闹哄哄的厨房里。

　　等晚上回家的时候，玫瑰就已经凋谢了，片片花瓣散落在微风里。

　　不过，现在她已经不是小孩子了，不能再那样尽情地玩耍。想想她现在拿着不错的薪水，也是很让人开心的。每到礼拜六晚上，怀特夫人就会数给她一块五毛钱，劳拉接过来，回家带给妈妈。

　　"你不要把钱都给我，劳拉。"妈妈有次说，"你自己也留点吧。"

　　"可是，我要钱做什么呢？"劳拉反问道，"我什么都不缺。"

　　她的鞋子还没有坏，袜子和内衣也好好的，身上的印花棉布裙子几乎是崭新的。整整一个礼拜，她都盼望发工资的这一天，然后她可以高高兴兴地把薪水拿给妈妈。她也常常想，这不过是刚刚开始。

　　再过两年，她到了十六岁，就可以去教书了。要是自己认真努力地去学习，考个教师资格证，到一所学校当老师，就能真真正正地帮助爸爸和妈妈了。到了那个时候，她就可以偿还爸爸妈妈从小到大在自己身上的花费了。然后，一家人还能送玛丽去上学。

　　有时候，她真的很想问妈妈，能不能现在就把玛丽送去上学，因为自己以后就可以挣钱支付玛丽在学校的开销了。不过她并没有提起这件事，因为害怕妈妈会说现在家里还没有这个条件。

　　尽管如此，有了这小小的愿望，她去镇上工作的时候就更开心了。她的薪水还是有帮助的。她知道妈妈都尽可能地存了起来，等钱存得差不多了，爸爸妈妈肯定就会送玛丽去上学。

　　这个小镇简直是美丽大草原的一个伤口。马厩旁到处是腐烂的干草垛和粪堆，商店前面看起来很漂亮，后面却是又粗糙又难看，草地从第二大街那里就已经被踩得不成样子了，夹杂着沙砾的尘土在一幢幢房屋中间乱飞。整个镇子充斥着腐烂、尘土和烟灰，还有锅灶里的油脂味。酒馆里散发出潮湿的气息，泼洗碗水的后门处一股霉酸。不过，只要你在镇子里多待上一会儿，就闻不到这些气味了。看着一个个陌生人从这里经过，也是很有趣的。

　　去年冬天，劳拉遇到的那些男孩女孩如今都不在那里了。她们都到自己家的宅地去了。零售店的店主依然留在镇上打理自己的店铺，独自一人在店铺后面的屋子里过夜，而妻子孩子们一整个夏天都在草原宅地上的小木屋里。因为法律规定，要是自己的家人不能每年在宅地上生活六个月，并连续五年，那么就不能拥有这片宅地了。而且还必须把这十公顷的草地都犁开，连续种上五年的庄稼，政府才会给他这片地的所有权。可是，依靠那片荒地根本没法糊口，所以为了留住这片地，女人和女孩们夏天在宅地小棚屋里面，男孩们犁地种庄稼，男人们出去建设城镇，想办法挣钱从东部买来食物和工具。

去小镇的次数多了，劳拉越来越觉得自己的家庭要优越很多。因为爸爸比别人早开垦了一年。他从去年就开始犁地了。现在，家里有了菜园和燕麦田，第二茬玉米长势也很喜人。干草储备可以撑过一整个冬天，爸爸还可以卖掉一些玉米和燕麦，买一些煤炭。而新来的定居者们，才开始做爸爸去年就开始做的事情。

劳拉从工作中抬起头来，就差不多可以看到整个小镇，因为几乎所有的建筑都集中在街对面两个街区以内。建筑上面立起高高矮矮的装饰墙，从外面看起来就像是两层楼房一样。

米德家的旅馆坐落在街道的尽头，而比尔兹利家的几乎就在劳拉正对面，丁汉姆的家具店靠近下个街区的正中间，他的店铺真是两层楼。楼上的飘动的窗帘似乎就是在告诉大家，这里是真正的两层楼，并不像旁边一样是装饰墙。

这是这栋建筑与别家建筑唯一的不同。这些建筑全是用有些褪色的灰白色松木建造的，每一个建筑前面都有两扇高高大大的窗户，中间有一扇门。天气很温暖，所有的门都敞开着，每扇门前都装着用粉色纱帘钉在木头门框上面的纱门。

房子前面用木板铺成宽宽的人行道，路边有一排拴马桩。拴马桩上随时都能看见几匹马，有时候还能看见马或者牛拉的四轮货车。

有时候，劳拉咬掉衣服上的线头时，会看到一个男人从门口人行道走过，解开拴着马的缰绳，跨上马背驰骋而去。有时候，她还能听见几匹马拉着四轮货车的声音，等声音越来越近的时候，她抬起头，就刚好能瞥见马车从门前经过。

有一天，突然一阵奇怪的大喊声把她吓了一跳。她看见一个高个子男人从布朗家的酒馆冲了出去，身后的纱门砰的一声关上了。

高个子男人傲慢地转过身来看着纱门，抬起一只长腿轻蔑地朝着纱帘踢了过去。纱帘从上到下完全撕裂了，酒馆里面传来老板的抗议声。

不过，这个高个子一点也不以为意。他傲慢地转身就走，看见前面站着一个又矮又胖的男人。矮个子想进去，高个子想出去，但是两个人面对面谁也不让谁。

高个子直直地站在那里，一副目空一切的样子。矮个子也毫不示弱，傲气十足。酒馆老板来到了门口，不停地抱怨着撕破的纱门。不过这两个人一点也不往这边看。他们互相对视着，一个比一个趾高气扬。

突然，高个子知道该怎么办了。他伸出细长的胳膊挽着矮个子粗胖的胳膊，一起走下了人行道，一边走一边一起唱了起来。

　　　　划桨吧，水手，
　　　　划桨吧！
　　　　莫管狂风和暴雨！

高个子傲慢地抬起自己的长腿，又朝霍森的纱门踹了一脚。只听里面传来一声大喊："哎！干什么呢？"

莫管雷鸣与呼啸！

划桨吧，水手——

他们的傲气越来越高涨，高个子迈着长腿大步向前，矮个子也骄傲地拼命迈着小短腿，想要跟上高个子的步伐。

莫管狂风和暴雨！

高个子狠狠地把脚插进比尔兹利家旅馆的纱门。比尔兹利夫人气冲冲地冲了出来。他还是满不在乎地往前走着。

莫管雷鸣与呼啸！

劳拉笑得眼泪都出来了。她看见高个子的长腿把巴克家杂货店的纱门也撕开了一个大口子。巴克先生赶紧冲出来想阻止他。两只长腿高视阔步地走了过去，然后是两只粗短腿傲慢地走了出去。

划桨吧！

高个子的脚又撕开了怀德家饲料库的纱门。怀德拉开纱门，大骂起来。

两个男人表情凝重地站在那里，直到怀德停下来喘口气。矮个子又威风凛凛地说道："我叫泰·佩·普雷尔，我喝醉了！"

他们继续手挽手，重复着："我叫泰·佩·普雷尔——"

然后两个人像青蛙一样一起喊："我喝醉了！"

虽然高个子不会说自己叫泰·佩·普雷尔，但是他总是郑重其事地跟着说："我喝醉了！"

他们走了一圈，后来又进了另一家酒馆。酒馆的纱门在他们身后砰地关上了。劳拉屏住了呼吸，不过这扇门的纱布完好无损。

劳拉笑得肚子都疼了。怀特夫人厉声说醉酒男人真是连畜生都不如的时候，劳拉还是忍不住笑。

"想想那些纱门值多少钱吧！"怀特夫人说。"你居然还能笑出来。现在的年轻人真是难以理解。"

那天晚上，劳拉想给玛丽和大家描述那两个男人的样子，可是却没有一个人笑。

"天啊，劳拉，你看到醉酒的人干吗要笑啊？"妈妈有点好奇。

"我觉得很可怕的。"玛丽插了一句。

爸爸说："那个高个子是比尔·奥多德。我知道他哥哥把他带到这边的一片宅地上，就是想让他远离酒精。不过这镇上有两家酒馆，已经太多了。"

"可惜的是，像你这样想的男人已经不多了。"妈妈说。"我现在有点觉得，要是酒精交易不禁止的话，女人们必须要站出来说几句话了。"

爸爸眨了眨眼睛。"看来你有很多话要说啊，卡罗琳。我妈从没让我对饮酒的坏处有所怀疑过，看来你也是啊。"

"不过不管怎样，这样的事情被劳拉看见了，真是太丢脸了！"妈妈说。

爸爸看着劳拉，眼睛依然闪烁着。劳拉知道爸爸没有责怪自己。

九块钱

　　克兰西家衬衣的订单现在已经不是很多了。似乎那年有钱买衬衣的男人都已经买过了。一个礼拜六的晚上，怀特夫人说："看样子旺季已经结束了。"

　　"是啊，夫人。"劳拉说。

　　怀特夫人数了一块零五十分的硬币给她。"我这边也没什么活儿了，所以下个礼拜一你就不用来了。"她说，"再见了。"

　　"再见。"劳拉说。

　　她已经工作了六个礼拜，一共挣了九块钱。六个礼拜前，一块钱对劳拉来说都很多了，可是现在九块钱似乎都不够。要是能再多干一个礼拜活儿，就可以挣到十块五了，要是再多一个礼拜，就整整十二块了。

　　她当然知道待在家里是多么幸福的一件事，可以帮忙做做家务，去菜园里干干杂活儿，或者陪玛丽去散步、采野花，盼望着爸爸晚上回来的身影。可是，这个时候，不知怎么了，她觉得自己好像是被赶走了，内心感到十分失落。

她沿着主街缓缓地走着。爸爸现在正在第二大街角落的房子那边干活。他正站在一堆木瓦旁边等着劳拉。看见劳拉过来了,他大喊道:"快来看这是什么,回家带给你妈妈!"

劳拉看到木瓦的阴影里,放着一个大篮子,上面盖着一层厚厚的黄布袋。里面传来一声声微弱的抓挠声,还有吱吱的声音。是小鸡!

"博斯特今天带来的。"爸爸说,"有十四只,个个活蹦乱跳的。"爸爸的脸上写满了期待,因为妈妈看见了一定会非常高兴的。

他告诉劳拉:"这篮子不是很沉,你抓着一边,我抓着另一边,咱们一起抬回去吧。"

就这样,他们小心地抬着篮子,沿着主街朝家里走去。火红的夕阳染红了半边天,整个天空都烧成了金黄色。空气中也洒满了金灿灿的光线,东边的银湖也火红火红的。篮子里传来了小鸡们好奇和不安的吱吱声。

"爸爸,怀特夫人说不需要我去干活了。"劳拉说。

"嗯,我想旺季也差不多要结束了。"爸爸说。

劳拉还没想过爸爸的工作也许也要结束了。

"唉,爸爸,镇里也不需要木工了吗?"她问道。

"我们本来也不能指望这些活儿可以干到夏天结束。"爸爸说,"不管这些了,马上也得堆干草了。"

过了一会儿,劳拉说道:"我只挣了九块钱,爸爸。"

"九块钱也很重要啊。"爸爸说,"你做得很好,怀特夫人很满意,不是吗?"

"是的。"劳拉诚实地回答。

"嗯,那这就是份好工作。"爸爸说。

确实，劳拉是有成就感的。她心里感觉好受了点。而且，他们现在正带着小鸡给妈妈呢！妈妈看到他们带着小鸡回来，果然非常高兴。卡莉和格蕾丝赶紧挤了过来，偷偷掀开麻布往里面看。而劳拉正在跟玛丽描述着篮子里的小鸡。这些小鸡都很健康，个个活蹦乱跳的，都长着黑亮的眼睛和鲜黄色的爪子。有些绒毛已经掉了，脖子上有一块块皮肤露了出来，而翅膀和尾巴上的羽毛正要长出来。有一些是纯色的，有一些身上带着斑点。

妈妈把小鸡们捧起来用围裙兜着。"博斯特夫人给的这些小鸡肯定不是一窝孵出来的。"她说道，"我敢说，这里面的公鸡不超过两个。"

"博斯特家在养鸡这方面是抢先一步啦，我看他们可能打算今年夏

天就吃炸鸡呢！"爸爸说，"肯定要从这群鸡里面挑几只公的吃。"

"嗯，然后再用几只母鸡顶替那些要被吃掉的公鸡。"妈妈猜测道，"博斯特夫人这么大方的人，真是难得一见啊。"

她用围裙兜着小鸡，把小鸡们放进爸爸已经做好的鸡笼里。这个鸡笼前面是木板条，这样空气和阳光就能进到笼子里，还有一扇小小的门，门上有一个木拴固定着。笼子是没有地板的，不过是放在干净的青草地上，这样小鸡就可以随便啄草吃，等那片草地脏了烂了，很容易就能把鸡笼换到另一片干净的地方去。

妈妈用一个装馅饼的破盘子搅拌了碎麸皮，均匀地拌上胡椒粉，放进了鸡笼里。小鸡们争相跑了过来，狼吞虎咽地吃着盘子里的麸皮，它们吃得那么贪婪，有时候差点把自己的爪子也吃到嘴里。等肚子吃得饱饱的，它们就卧在盛水的盘子旁边，伸长脖子，歪着头，用嘴舀着喝盘子里的水。

妈妈说，要把喂鸡的任务交给卡莉。她得经常喂吃的给它们，还要保证盘子里不断地有新鲜清凉的水。明天，妈妈要把小鸡放出鸡舍，让它们到外面跑跑，那时候格蕾丝的任务就是要盯着小鸡不要被老鹰抓走。

吃完晚饭，妈妈叫劳拉去看看小鸡有没有安全入睡。黑漆漆的草原上空，繁星闪烁，西边的天幕挂着一弯镰刀一样的月亮。青草微微起伏，仿佛也在这安静的夜晚进入了梦乡。

劳拉温柔地抚摸着沉睡中的小鸡们，它们在鸡笼里抱成一团互相取暖。然后，她起身望着夏天的夜色。她不知道自己站在那里多久，直到看到妈妈从屋里出来了。

"哦，你在这儿啊，劳拉。"妈妈轻声说。她像劳拉一样，蹲下来，把手伸进鸡笼的门里，抚摸着团成一团的小鸡们，然后，她也站起身，望着这夜色。

"这地方越来越有农场的样子了。"她说。黑暗中，燕麦田和玉米田是一片朦胧的灰白色。菜园里满是层层叠叠、起伏不平的黑色叶影，黄瓜和南瓜的藤蔓穿插其中，像是洒下了一片片微弱的星光。低矮的马厩几乎看不见了，不过从屋子的窗户里透出一束温暖的黄色灯光。

突然，劳拉情不自禁地说道："唉，妈妈，真希望玛丽今年秋天就可以去上学。"

"或许可以吧，我和你爸爸也这么想过。"妈妈的回答有些出乎意料。

劳拉一时不知道该说些什么，过了一会儿，她问道："你有没有——有没有给她说什么？"

"还没呢。"妈妈说，"没有把握之前最好不要让她觉得有希望，不然她可能会很失望的。不过，你爸爸挣了不少钱，燕麦和玉米也值不少钱，要是不出什么问题，我想今年秋天她就可以去上学了。我们得有把握供她读完盲人学校和手工技能的七年课程。"

劳拉第一次意识到，等玛丽去上学的时候，她就要离开家了。而这一走，就要整整七年。劳拉无法想象，玛丽不在家的日子会是怎样。

"唉，真希望——"她想说什么，但是停了下来。她其实一直希望玛丽可以去上学的。

"嗯，我们会想她的。"妈妈平静地说，"不过我们也应该知道，这对她来说是个多么好的机会啊。"

"我知道，妈妈。"劳拉有些忧伤。

现在，夜色已经很浓了，一切都显得那么空旷。屋子里透出的灯光依然那么温暖，可是如果玛丽不在家了，就连这屋子也会有所不同了吧。

　　然后，妈妈说："你挣的九块钱帮助也很大，劳拉。我一直在盘算着，九块钱可以给玛丽买一身好衣服，或许还能买点绒布给她做帽子呢。"

七月四号

砰！

劳拉从睡梦中惊醒了。卧室里还是漆黑一片。接着传来卡莉细小的声音，她战战兢兢地问道："什么声音？"

"别害怕。"劳拉回答。她们屏住呼吸，静静听着。黑暗的夜色里，窗户外面还看不到一点灰白色，不过劳拉可以感觉到，午夜已经过去了。

砰！连空气都似乎在震动。

"好枪！"爸爸带着睡意喊道。

"怎么回事？怎么回事？"格蕾丝不断地问，"爸爸，妈妈，发生什么事情了？"

"今天几号？"妈妈问。

"七月四号，卡莉。"隔墙另一边的爸爸回答。空气再次震动了起来。砰！

这声音并不是来自什么好枪，而是来自镇上铁匠家砧板下面的枪药。这声声巨响就像美国独立战争时期的枪声一样。七月四号就是第一批美国人宣布人生来平等的日子。砰！

"过来，孩子们，我们最好也起床去看看。"妈妈喊道。

爸爸大喊："不会吧，你没看见吗，太阳还没出来呢！"

"查尔斯！"妈妈表示抗议。不过她笑了笑，因为外面确实还什么都看不见呢。

"不过无所谓了，这可是个隆重的时刻！"爸爸从床上跳了下来，"欢呼吧，美国人！"他唱道：

> 欢呼吧，欢呼吧！尽情欢呼这快乐的节日吧！
>
> 欢呼吧，欢呼吧！自由旗帜飘起来吧！

太阳升起来了，在清澈的蓝天上洒下一片光辉，好像就连太阳都知道这一天是伟大的国庆节。吃早饭的时候，妈妈说："这么好的天气，去参加国庆野餐会再好不过了！"

"镇子还没发展起来，估计得到明年才能有野餐会吧！"爸爸说。

"不管怎么样，今年都没法去野餐。"妈妈承认，"没有炸鸡，怎么像野餐呢！"

这一天在如此振奋人心的声音中开始，白天似乎就显得有些空荡。这个特殊的日子里，大家似乎都在期待有什么不同寻常的事情发生，可是什么都没有。

"我想打扮一下。"大家收拾盘子的时候，卡莉说道。

"我也想，可是穿那么隆重干什么呢？"劳拉回答。

她走到屋子外面，把洗碗水泼得远远的。爸爸正望着燕麦田。灰绿色的燕麦此时已经又高又密，在风中轻轻摇摆着。玉米也长得很茂盛，黄绿色的长叶子随风舞动，几乎都看不见下面的土地了。菜园里，黄瓜藤蔓在舒展开来的大叶子上面爬行着。一排排豌豆和黄豆聚在一起，胡萝卜展开绿色的叶子，甜菜红色的茎秆上，伸出又长又黑的叶子。樱桃已经长成一丛丛小灌木了。小鸡们零零散散地在野草丛里寻觅着虫子吃。

对于一个寻常的日子来说，这一切都是非常让人满意的。可是今天是七月四号，大家都期待一些不同寻常的东西。

爸爸也这么觉得。他今天不用去干活，因为国庆节这天，大家都放假了，只有一些杂事和家务要做。过了一会儿，他到屋子里对妈妈说："今天镇上有个庆祝活动，要不要去看看？"

"什么样的庆祝活动？"妈妈问。

"呃，可能还是赛马吧，不过还有一个募捐活动，提供免费的柠檬水给大家喝。"

"赛马什么的，女人去不太好吧。"妈妈说道，"而且没有收到邀请，我是不会出去的。"

"你自己去吧，查尔斯。格蕾丝太小了，最好也不要去了。"妈妈考虑了一下，摇了摇头。而劳拉和卡莉早在一旁迫不及待了。

"还是待在家里好。"玛丽说道。

这时，劳拉开口了："爸爸，你要是去的话，能不能带我和卡莉也一起去？"

爸爸有些迟疑，朝劳拉和卡莉眨了眨眼睛。妈妈微笑着说道："没事，查尔斯，你们一起去吧，出去走走也不错。卡莉，你先到地窖下面弄点黄油，一会儿趁着你们换衣服，我把面包涂好黄油给你们带上。"

突然间，国庆节的气氛才真的来了。妈妈做了三明治，爸爸把靴子擦了油，劳拉和卡莉匆匆忙忙地穿衣打扮起来。幸好，劳拉的小嫩枝棉布裙子已经洗得干干净净，熨得平平整整。她和卡莉轮流擦洗着，小脸、脖子和耳朵都洗得红扑扑的。她们在没漂白过的薄棉连裤内衣外面穿上漂白过的薄棉衬裙，衬裙被浆得硬硬的，发出噼噼啪啪的声音。她们又梳好头发，把头发编起来。劳拉把又长又粗的辫子盘在了头顶，用发卡固定住，又在卡莉的辫子上系上了礼拜天才用的丝带。接着，她穿上干干净净的小嫩枝棉布裙子，把背后的扣子扣紧。裙子宽下摆的褶皱一直延伸到鞋子上面。

"帮我把扣子扣上吧。"卡莉请求道。她自己够不到背后中间的两颗扣子，而其他的扣子全都扣到里面去了。

"今天是国庆节呢，你可不能把扣子扣成这样。"劳拉说着，把扣子解开重新扣了一遍。

"要是扣在外面，会缠到我的头发的。"卡莉有些不情愿，"辫子老是缠在上面。"

"我知道的，我以前也经常那样。"劳拉说，"不过你忍一忍吧，等你长大了，就可以把头发盘起来了。"

她们戴上遮阳软帽。爸爸拿着装好了三明治的棕色袋子等她们。妈妈仔细端详了一下两个小姑娘，说道："都很漂亮啊。"

"带着这两个漂漂亮亮的小丫头出门真是幸福啊。"爸爸说。

"你也很帅气啊，爸爸。"劳拉对爸爸说。他的靴子擦得程亮，胡子刮得很干净，还穿着礼拜天才穿的套装和宽边帽子。

"我也要去！"格蕾丝嚷嚷着。即便妈妈说了"不行，格蕾丝"，格蕾丝还是重复了两三遍"我也要去"。因为她是最小的孩子，大家都宠着她，快把她宠坏了。可不能这么一直纵容她。爸爸严厉地把她抱到椅子上，告诉她："听妈妈的话！"

因为格蕾丝这么一闹，大家都有点不高兴。他们板着脸出发了。不过必须让她学会听话。或许明年她就可以去了，如果明年镇上有条件举行一场盛大的庆祝，一家人都可以乘四轮马车去。现在，他们是牵着马走着去的。这些马因为整天拴在木桩旁站着，不但很热，身上还满是灰尘，都已经很疲惫了，现在边走边吃着草。格蕾丝那么小，肯定没法走上几公里再走回来。而且背着她又太重了。

还没走到镇上的时候，他们就听到了像爆玉米花一样的响声。卡莉问这是什么声音，爸爸说是鞭炮。

走到主街的尽头，几匹马都已经累坏了。人行道上到处是男人和男孩们，人山人海，非常拥挤。男孩们点燃鞭炮，扔向灰尘飞扬的街道，鞭炮嗞嗞几声就噼里啪啦炸了起来，声音很是吓人。

"没想到镇上是这样的。"卡莉咕哝着。劳拉也不喜欢这样的场景。她们以前从没到过人这么多的地方。这里根本没什么可玩的，她们只是跟着爸爸在人群中走来走去，而且旁边这么多陌生人，她们感到很不舒服。

她们走了两个街区，又走了两个街区，后来劳拉问爸爸她和卡莉可不可以在他工作的房子那里等他。爸爸觉得这也是个不错的主意。这样她们可以待在屋子里看着外面的人群，他还可以出去转一圈。接着，他们就可以一边吃午餐一边看比赛了。他让劳拉和卡莉到那空屋子里，劳拉关上了门。

两个小姑娘一起待在这个说话都有回声的空地方，感觉很不错。她们看了看屋子后面的空厨房，刚刚过去的那个苦寒冬天，他们一家人就是蜷缩在这个屋子里度过的。她们踮着脚尖上楼，走到木瓦屋檐下面空荡、温暖的卧室，站在前面的窗口往下面看着拥挤的人群，还有在尘土中爆炸、飞扬的鞭炮。

"我们要是也有鞭炮玩就好了。"卡莉说。

"那是枪。"劳拉骗她说，"我们现在在提康德罗加堡，那些都是英国人和印第安人。我们是为了自由而战斗的美国人。"

"在提康德罗加堡的是英国人，不是美国人，是青山军攻下了它。"卡莉反驳道。

"那么我们是跟丹尼尔·布恩一起在肯塔基州，前面就是防御的木栅栏。"劳拉说，"不过最后英国人和印第安人还是俘获了他。"她不得不承认。

"鞭炮得多少钱呢？"卡莉问道。

"即使爸爸买得起，花钱就为了制造这么一段噪音实在太傻了。"劳拉说，"快看那些小马吧。咱们每人选匹最喜欢的，你先选。"

因为有太多的东西可以看，当楼下传来爸爸脚步声的时候，她们几乎不敢相信已经是正午了。爸爸从楼下喊道："孩子们，哪去了？"

劳拉和卡莉赶紧冲到楼下。爸爸看起来很高兴，眼睛里闪烁着光芒。他大声说："我买了顿大餐，熏鲱鱼！可以跟黄油和面包一起吃！瞧瞧这儿还有什么！"他拿出一挂鞭炮。

"啊，爸爸！"卡莉大叫，"花了多少钱啊？"

"一分钱也没花！"爸爸说，"巴尔内斯律师给我的，说叫我带给你们这两个丫头。"

"他为什么要这么做？"劳拉问。她以前从没听说过巴尔内斯律师这个人。

"呃，也许他想从政吧。"爸爸说，"他一直对所有人都很和蔼友善。

你们是想现在看我放鞭炮，还是吃过饭呢？"

劳拉和卡莉互相对视了一下，就明白了两个人的想法是一样的。于是，卡莉说道："先留着吧爸爸，回家给格蕾丝。"

"好吧！"爸爸说着把鞭炮放进口袋，然后解开熏鲱鱼，劳拉则打开了装三明治的盒子。这熏鲱鱼实在太美味了！他们留了一些带回家给妈妈。吃完了最后一点黄油面包，他们一起来到井边，就着爸爸提上来盛满水的大桶，大口大口地喝着。然后，又洗了洗手和发烫的脸，用爸爸的手帕擦干。

赛马马上就要开始了，人群穿过铁路，朝着草原移动。那边的一根柱子上，美国国旗正在天空中随风飘扬。阳光温暖而明媚，空气中有丝丝微风吹过。

旗杆后面，一个男人站得高高的，像是踩在什么东西上面。大家停止了说话，人群渐渐安静了下来，他开始讲话了。

"咳咳，同胞们！"他说，"我不善于公开演讲，但是，今天是伟大的国庆节，就在今天，这个伟大的日子，我们的先辈摆脱了欧洲独裁者的统治。那时，美国人还没有像现在这么多，可是他们无法忍受独裁君主的欺压。他们必须反抗英国军队，反抗黑森雇佣兵，还有那些杀戮无数、剥头皮的红皮肤野蛮人。这些穿着考究的贵族们拥入我们的居住地，为他们的烧杀抢掠，剥下的妇女和孩子们的头皮付出了沉重的代价。少数赤脚的美国人必须与他们战斗，并战胜他们！美国人确实战斗了，而且战胜了！是的！1776年，我们第一次战胜了英国人，并在1812年又一次战胜了他们！我们用了不到二十年的时间，就把所有的欧洲独裁者从墨西哥的土地上赶了出去，也从我们的国土上赶了出去，这是多么光荣的历史啊！是啊，星条旗就在我们头顶舞动，无论什么时候，如果欧洲暴君再想欺负美国人，我们定会再次打败他们！"

"欢呼吧！欢呼吧！"所有人都喊了起来。劳拉、卡莉和爸爸一起也大喊了起来。"欢呼吧！欢呼吧！"

"今天，大家来到这里。"男人继续讲，"每一个人都是上帝的国度里独立自由的公民，我们国家也是地球上唯一的公民独立自由的国家。今天是七月四号，这是一个值得我们欢庆的日子，我们本应该举行更盛大的活动。不过今年，我们没办法做到更好了，我们大部分人来到这里，都想凭自己的努力在这片土地上站稳脚跟。到了明年，你们当中肯定有些人条件会好起来，到时候大家就能多捐点钱办一场让人热血沸腾的真正的庆祝活动了。此时此刻，我们站在这里，在七月四号这一天，应该有人读一读《独立宣言》。看来我被选中了，所以，同胞们，举起你们的帽子，我要开始诵读了！"

劳拉和卡莉当然早已经把《独立宣言》铭记在心了。不过，听到那些宣言，她们的内心产生了一种庄严而光荣的感觉。她们抓紧拳头，站立着，肃穆地听着这些宣言。星条旗在淡蓝色的清澈天空中飘扬着，她们在听到那些句子之前，就已经在脑海里默默读着那些宣言了。

　　在有关人类事务的发展过程中，当一个民族必须解除其和另一个民族之间的政治联系，并在世界各国之间依照自然法则和上帝的意旨，接受独立和平等的地位时，出于人类舆论的尊重，必须把他们不得不独立的原因予以宣布。

　　我们认为下面这些真理是不言而喻的：人人生而平等，造物者赋予他们若干不可剥夺的权利，其中包括生命权、自由权和追求幸福的权利……

接着列举了独裁君主一条条可怕的罪行。

　　他力图阻止各州增加人口。

　　他拒绝批准建立司法权的法律。

　　他迫使法官置于他个人意志的支配之下。

　　他滥设新官署，委派大批官员到这里骚扰我们的人民，吞噬他们的财物。

　　他在我们的海域里大肆掠夺，踩蹦我们的沿海地区，烧毁我们的城镇，残害我们人民的生命……

　　他此时正在运送大批外国雇佣兵，来从事其制造死亡、荒凉和暴政的勾当，其残忍与卑劣从一开始就连最野蛮的时代也难以相比，他已完全不配当一个文明国家的元首……

　　因此我们这些在大陆会议上集会的美利坚合众国的代表们，以各殖民地善良人民的名义，并经他们授权，向世界最高裁判者申诉，说明我们的严正意向，同时郑重宣布：

　　我们这些联合起来的殖民地现在是，而且按公理也应该是独立自由的国家；我们对英国王室效忠的全部义务，我们与大不列颠王国之间一切政治联系全部断绝，而且必须断绝。作为独立自由的国家，我们完全有权宣战……

　　我们坚定地信赖神明上帝的保佑，同时以我们的生命、财产和神圣的名誉彼此宣誓来支持这一宣言。

没有人再欢呼了。这更像是说"阿门！"的时刻，可是没有人知道该怎么做。

然后爸爸开始唱起来，所有人也跟着唱起来：

祖国啊，祖国，

美丽的自由之邦

我为您歌唱……

神圣的自由之光

永恒照耀大地，

您伟大的力量保护着我们，

伟大的上帝啊，我们的王！

人群散开了，可是劳拉还是一动不动地站在那里。她突然有了一种全新的想法。《独立宣言》和这首歌回荡在她的脑海里，她想：上帝才是美国的国王。

她还想：美国人不会服从任何人类国王。美国人是自由的。也就是说他们追寻自己的内心。没有国王统治着爸爸；自己的生活受自己主宰。她想，当我再长大一些，爸爸和妈妈就不会再告诉我一切该怎么做，也没有任何人可以向我下达命令。我将自己主宰自己的生活。

她整个内心似乎都被这种想法点燃了。这就是自由的意义，你必须做个善良的人。"我们的上帝，自由的赋予者——"自然法则以及自然之神法则赋予你生命和自由的权利。你必须遵守上帝的法则，因为上帝的法则是唯一给予你自由权利的东西。

劳拉没有时间再往深处想了。卡莉很好奇她为什么一直站在那里不动。爸爸说："到这边来，孩子们！这边有免费的柠檬水喝！"

装柠檬水的桶摆在旗杆旁边的草地上。一些人正排队等着从白锡长柄勺里喝上一口。一个人喝完之后，就交给下一个人喝，然后就朝着马匹和赛道上的四轮马车走去。

劳拉和卡莉有点害怕，不敢向前。不过拿着长柄勺的人看见了他们，就把勺子递给了爸爸。爸爸从木桶里舀了一勺递给卡莉。桶里几乎还是满的，上面漂了一层厚厚的柠檬片。

"我看他们放了很多柠檬进去，味道应该不错。"爸爸说道。卡莉正慢慢享用着勺子里的柠檬水，她高兴地瞪大了眼睛，因为以前她从来没喝过柠檬水。

"这柠檬水是刚调好的。"一个人说道，"水是从旅馆水井里刚打上来的，所以很清凉。"

另一个人说道："有时候也看情况的，看他们放了多少糖进去。"

爸爸又舀了一勺递给了劳拉。劳拉在内莉·奥雷森的派对上喝过一次柠檬水，那时候她还是生活在明尼苏达州的小孩子呢。这次的柠檬水比那次还要好喝。她把勺子里最后一滴喝干净了，对爸爸说了声谢谢。再多喝一勺的话是不太礼貌的。等爸爸喝完之后，他们穿过被踩坏的草坪，来到了赛场旁边的人群里。那边用开荒犁犁出了一圈宽阔的赛道，犁出的土都运了出去，赛道上十分平坦。赛道外围和里面的草地随风起伏，当然除了被人群和马车踩坏的那片。

"哎呀，你好啊，博斯特！"爸爸喊道。博斯特先生从人群中走了出来。他刚巧来到镇上看比赛，而博斯特夫人和妈妈一样，喜欢待在家里。

四匹小马站到了赛道上。有两匹是矮种马，一匹灰色的，一匹黑色的。骑着马的男孩让马排成一排。

"你要是下注的话，会赌哪匹赢？"博斯特问道。

"我啊，黑色的那匹！"劳拉叫道。黑色小马的毛发在阳光下反射出耀眼的光泽，长长的鬃毛和尾巴在微风中如丝绸般顺滑。它抬起细长的脖子，蹄子也优雅地抬了起来。

只听见一声"预备——起！"小马们都奔跑了起来。人群在周围呐喊助威。黑马压低了身子，跑得飞快，其他马都落在后面。马蹄重重落在地面上，掀起阵阵尘土，几乎将它们掩埋了。然后所有的马都跑到了赛道另一边，使劲全力往前冲。灰马慢慢赶上了黑马，两匹马并驾齐驱，一会儿灰马稍微领先了一点，人群又欢呼起来。劳拉仍然希望黑马能赢。它已经尽自己最大努力了。黑马一点一点拉近与灰马的距离。它的头部已经超过了灰马的脖子，鼻子几乎与灰马在一个水平线上了。突然，四匹马都朝着赛道飞奔过来，赛道上大片大片的尘土飞扬了起来。枣色的白鼻子小马略略超过了黑马和灰马，在一片欢呼声中第一个冲过了终点线。

"你要是赌了黑马，你就输了，劳拉。"爸爸说。

"不管怎样，还是那匹马最漂亮。"劳拉回答。她以前从未如此激动过。卡莉看得双眼放光，激动得双颊绯红；辫子缠到了扣子上，也不顾一切地扯了下来。

"还有吗？爸爸，还有比赛吗？"卡莉大叫着。

"当然啦，下面是双轮马车比赛。"爸爸回答。博斯特先生又开玩笑地说："猜猜谁会赢吧，罗拉！"

一对小马拉着的轻便双轮车穿过人群来到了赛道上。两匹马看起来非常和谐，轻盈地迈着步子，就好像根本没有拉着车子一样。然后其他队伍也到了赛道上，不过劳拉根本没有精力去注意，因为有一对棕马

是劳拉见过的。它们把头抬得高高的，非常兴奋，弯着脖子，一束阳光照在它们柔软光滑的背部，黑色的鬃毛在风中微微摆动，门鬃下面是一双明亮、灵敏又温柔的眼睛。

"啊，快看，卡莉，快看！是棕色摩根马！"她大喊。

"那是阿曼佐·怀德的马，博斯特。"爸爸说，"他给马套的什么马车啊？"

阿曼佐·怀德坐在高高的马背上，帽子推到了后面，看起来十分高兴，充满了自信。

他把马车驾到起跑线上，大家看到他坐在一个又长又高又重的四轮马车顶上，马车上还有个门，他坐在里面的椅子里。

"那是他哥哥罗伊尔的商用货车。"旁边的一个人说道。

"那么重的马车，根本没机会赢那些轻便的吧。"另一个人说道。大家都望着那两匹摩根马和马车，互相谈论着。

"外面那匹马叫王子，去年冬天阿曼佐骑着它跟凯普·加兰德一起走了四十英里，带回了粮食，我们才没被饿死。"爸爸告诉博斯特先生，"另一匹叫淑女，就是上次和羚羊群一起奔跑的那匹。两匹马都是行动敏捷、速度惊人的好马啊。"

"看得出来。"博斯特先生附和道，"不过，拉那么重的马车还想赢山姆·欧文的轻便马车，根本不可能吧。这小伙子比赛前应该想办法借辆轻便马车的。"

"这个小伙子可固执了，"有人接过话来，"他宁愿驾着自己的车输掉，也不愿意用借来的车赢。"

"马车这么重，估计不会赢了。"博斯特先生说道。

这对棕马是目前赛道上最漂亮的马了，而且头抬得最高。它们好像根本不在意那重重的马车，摇着脑袋，竖着耳朵，抬起蹄子，似乎根本不屑踩在这片土地上。

"唉，真可惜，这样比赛不怎么公平啊。"劳拉想。她的拳头握得紧紧的，她多么希望那对骄傲、漂亮的马儿能够有一个公平的竞争机会。拉着那辆沉重的马车，根本不可能赢得比赛。她大喊了一句："不，真不公平！"

比赛开始了。枣色的马跑得飞快，遥遥领先。光亮的蹄子迅速往前奔着，马车轮子飞速旋转，就好像根本没着地一样。每一匹跑过去的马都拉着轻便的单座马车，甚至没有拉着双座马车的，只有跑在最后的棕马拉着一辆又高又重的货车。

"这是全村子最好的马！"劳拉听到一个人说道，"可惜今天没机会赢了。"

"唉，是啊！"另一个人附和道，"那货车太重了，一会儿肯定就跑不动了。"

两匹马依然拉着马车飞快地奔跑着。八只棕色的蹄子均匀和谐地迈着步子，一刻也不停歇。它们在掀起的尘土里奔跑着，最后冲出了尘土，跑到赛道另一边。所有的马车都加快了速度。拉着货车的棕马超过了一辆马车——不，两辆！三辆！现在只有枣色的还领先了！

"啊，加油！加油！必胜！必胜！"劳拉替这两匹棕马捏了一把汗。她多希望它们能跑得再快一些，而似乎她的希望真的起了作用。

它们快跑完一圈了，就要转过弯朝着终点线冲去。枣红色的马依然领先。摩根马肯定没法超过它赢得这场比赛了，那货车实在太重了！不过劳拉还是聚精会神地祈祷它们能赢："快！快！再快一点点！啊！加油啊！加油！"

　　阿曼佐从高高的位子上俯下身子，似乎给两匹马说了什么。两匹马依然平稳地向前飞奔着，跑得越来越快。它们的头赶上了欧文先生的马车，然后慢慢地，慢慢地，超过了马车！八只蹄子跑得越来越快，越来越快，只见两只棕色的脑袋一点点一点点地赶了上来，最后与枣红色的马并驾齐驱了！四匹马都朝着终点线奔去，越跑越快，越跑越快！

　　"平局，天啊，居然是平局！"人群中传来一个声音。

　　欧文先生抽出了鞭子。鞭子嗖嗖地落在马背上，一次，两次，车夫大喊着。枣红色的马跳着朝前面跑着。阿曼佐没有挥起鞭子。他只是俯下身子，紧紧地抓住缰绳，好像又对马儿说了什么。两匹马身轻如燕，跑得如此迅速平稳，棕色摩根马超过了枣红色的马，第一个冲过了终点线！它们赢了！

　　所有人都在欢呼着，大叫着，奔向那两匹棕色的马还有坐在高高马车上的阿曼佐。劳拉发现刚刚自己一直屏着呼吸，双腿发抖。这时，她想大喊，想大哭大笑，想坐下来休息。

　　"啊，赢了！赢了！赢了！"卡莉不停地拍手重复着，而劳拉已经激动得说不出话来。

　　"他赢了五块钱。"博斯特先生说。

　　"五块钱？"卡莉问道。

　　"镇上有人拿了五块钱，说要给最好的赛马队。"爸爸解释道，"阿曼佐·怀德赢得了这些钱。"

　　劳拉很庆幸自己当时不知道。要是她知道那两匹棕马是为了五块钱大奖才跑得那么拼命，她肯定无法忍受。

　　"这是他应得的。"爸爸说，"那个小伙子知道怎么驾驭马匹。"

　　比赛到此为止了。除了站在那里听听人们的讨论，也没什么事情要做了。桶里的柠檬水也已经不多了。博斯特先生给劳拉和卡莉舀来一勺，两个小姑娘分着喝了。柠檬水比之前更甜了，不过没有那么凉了。马队和马车都已经离开了。爸爸从渐渐散去的人群中走了出来，告诉她们该回家了。

博斯特和他们一起沿着主街往回走。爸爸对他说怀德家有个姐姐在美国东部明尼苏达州当老师。"她在小镇西边半英里的地方有一块地。"爸爸说，"她叫阿曼佐打听一下来年冬天能不能让她来这边学校教书，我告诉他让她给校董事会写申请，如果其他条件都不差，我想她肯定能得到这个机会。"

劳拉和卡莉对视了一下，爸爸是校董事会的，既然爸爸这么想，那校董事会其他人肯定也会赞同的。劳拉想："如果我学习成绩很好，她喜欢我的话，或许还会带我坐上那两匹马拉的马车呢。"

乌鸫

八月的时候，天气热了起来。劳拉和玛丽不得不在太阳完全升起之前，早早出去散步。那时，空气还稍微有些清凉，也不会因为太热而影响了兴致。不过，每天的散步都有点像是她们两个最后一起散步的时光，因为不久玛丽就要离开家了。

她真的要去上学了。一家人期待这个时刻已经很久了。现在她真的要去了，大家又很舍不得。大家也很难想象盲人学校是什么样子的，因为他们都没有见过。不过，春天的时候，爸爸已经挣了一百块钱；菜园里的蔬菜、田地里的燕麦和玉米都长得出奇地好；现在，玛丽真要去上学了。

有天早晨，她们散步回来，劳拉注意到有几根草叶刺到玛丽衣服上了。她想把草叶拔下来，发现根本拔不下来。

"妈妈！"她喊道，"来看看这是什么怪草！"妈妈也从来没见过这样的草。草叶顶端像是大麦的须，只不过是弯的。底下有一个一英寸长的种子荚，荚尖像针一样细小坚硬，而茎上全是坚硬的倒刺。荚尖就像真的针一样，刺进了玛丽的衣服，倒刺也轻而易举地刺了进来，而且很难拉出来，接着四英寸长的刺都跟着像螺丝一样旋转了进来，针一样的荚尖就刺得更深了。

"啊！什么东西咬了我一下！"玛丽大叫了一声。原来她的鞋子上面，有一根怪草刺透了袜子，正要扎进她的皮肤里。

"真奇怪！"妈妈说，"谁知道这宅地上还能碰到什么怪事呢！"

中午，爸爸回来的时候，大家让爸爸看这个怪草。爸爸说那是鬼针草。牛和马吃草的时候，不小心吃到，嘴唇和舌头肯定会被刺破。还有可能穿过羊毛，刺到羊身体里去，甚至会要了羊的命。

"这草从哪来的？"爸爸问道。劳拉也说不出来。爸爸松了口气。"要是你们都没有注意到，那说明长得还不多。这草都成片地长，然后一直扩散。你们散步的具体位置是哪儿？"

劳拉告诉了爸爸。爸爸说交给他来处理。"有人说，等它刚发芽的时候放火烧掉就可以。"爸爸告诉他们，"现在我就去烧，种子能烧掉的都烧掉，等明年春天我再去看看，趁着刚长出来就烧掉。"

晚饭的时候，桌上摆放着新收获的小土豆和豌豆，上面都浇了一层奶油。还有豆角和洋葱头，每个人的碟子里都盛满了番茄片，加糖和奶油一起吃。

"哎呀，我们有好东西吃啦，还这么多！"爸爸说着又盛了一份土豆和豌豆。

"是啊！"妈妈高兴地说，"现在我们每顿都可以吃得饱饱的，把去年冬天没吃的都给补回来！"

菜园里的蔬菜收成这么好，妈妈开心极了。"明天我就开始腌黄瓜，那些藤蔓下面结了密密麻麻的小黄瓜呢。土豆的叶子也很旺，我都快找不到下面盖着的土豆了。"

"要是不出意外，今年冬天我们就能存到很多土豆啦！"爸爸也高兴地说。

"很快就可以烤玉米穗吃啦！"妈妈告诉大家，"今天早上，我发现有的穗丝已经开始发黑了！"

"从没见过长势这么好的玉米田呢，"爸爸说道，"我们有得吃啦！"

"还有燕麦呢！"妈妈说。然后又问道："燕麦怎么样了，查尔斯？"

"唉，被乌鸦吃掉一大半了。"爸爸告诉她，"我刚把收割的燕麦堆好，这群讨厌的鸟儿就飞过来把能吃的谷粒都吃了，就快只剩秸秆了。"

妈妈脸上的笑容消失了。不过爸爸继续说道："没事，今年收成比较好，等我割完燕麦，摇完谷粒，就拿猎枪把它们都赶走。"

那天下午，劳拉停下手里的针线活穿针的时候，抬头看了一眼，看到草原上升起一缕烟。那是爸爸从燕麦田里抽出空来把那一片刺人的鬼针草放火烧掉了。

"草原看起来如此美丽、如此平静，"她说，"但真不知道以后会带给我们什么。似乎我们不得不一直与之战斗。"

"人生就是一场战斗。"妈妈说，"不是与这件事战斗，就是与另一件事战斗。过去一直都是这样，未来也一直都会这样。你越早下定决心做好准备，就会越占优势，也会更感激你所拥有的幸福。好了，玛丽，过来试试这件紧身上衣。"

她们打算给玛丽做一套最好的冬装，为上学做准备。灼热的阳光炙烤着薄薄的木板墙壁和屋顶，房间里闷热无比，而铺在腿上的羊绒布几乎要让人窒息了。做这件衣服就连妈妈都很紧张。为了先练习一下纸样裁剪，她先做了套夏天的衣服。

她先比照着硬纸板做的裁缝图纸，拿报纸裁剪了纸样。裁缝图纸上面印着各式各样的线条和图形。问题是，谁也不会刚好符合图纸上面某个图形的尺寸。妈妈测量过玛丽的尺寸后，在图纸上标上记号，画出每一个袖子和每一块布片的图形，剪下来，裁剪好衣服的内衬，粗略地缝了一遍，然后拿着内衬在玛丽身上比划着，不停地沿着缝合线修改。

劳拉以前从来都不知道妈妈讨厌缝纫活儿。虽然妈妈一直很温柔，丝毫看不出任何厌恶的神色，声音里也没有丝毫的愤怒，但劳拉知道，她是一直强忍着耐住性子的，妈妈其实也和自己一样，讨厌缝纫活儿。

她们也有些担心。因为去买缝纫衣料的时候，怀特夫人告诉她们，她听爱荷华州的姐姐说，有箍衬裙在纽约重新流行了起来。现在镇上根本买不到裙箍，不过克兰西先生已经在考虑进货了。

"天啊，我都不知道。"妈妈说，有点担心有箍衬裙的事情。去年，博斯特夫人曾有一本叫《戈蒂女士风尚》的杂志。要是现在这本书还在，这个问题就解决了。现在爸爸要收割燕麦、晾晒干草，他们都太累了，谁也没有力气等周末的时候走那么远的路到博斯特家的宅地去，况且现在天气又这么热。不过，后来，一个礼拜六，爸爸在镇上碰到了博斯特夫人，她说博斯特现在也没有新一期的《戈蒂女士风尚》了。

"我们就把裙摆做宽一点吧，那样如果有箍衬裙真的重新流行了，玛丽可以在爱荷华州买一个放进去再穿。"妈妈决定，"而且，她的衬裙可以把外面裙子的裙摆撑起来的。"

她们给玛丽做了四件新衬裙，两件没漂白过的薄棉布做的，一件漂白过的薄棉布做的，还有一件是白色细纺布的。在那件精致的细纺布裙子底端，劳拉细密地缝了一圈针织花边，这六码花边是她以前送给玛丽的圣诞礼物。

　　她们又给玛丽做了两件灰色法兰绒衬裙和三件法兰绒连衫裤。在裙褶顶端，劳拉用显眼的红色纱线钩了一圈边，在灰色的法兰绒上面显得非常漂亮。她把衬裙和长长的红色法兰绒连衫裤的缝合线又缝了一遍，在领口和红色长袖子的袖口处用蓝色的纱线钩了边。

　　她把去年圣诞节礼物桶里所有的漂亮纱线都用上了，不过她很乐意这么做。盲人学校里肯定不会有哪个女孩子的内衣会比玛丽的更漂亮了。

　　妈妈把玛丽的裙子用倒针法又缝了一遍，仔细地熨平。劳拉则把鲸骨撑架缝在腋下和下摆肋骨处的缝合线上。她费了好大劲儿才缝得整齐，缝合线一点点也没有皱起来，这样紧身上衣穿在身上才会很平整。这活儿真是太麻烦了，劳拉感到脖子都酸疼起来。

　　现在该让玛丽最后试一下这件紧身上衣了。紧身上衣是用棕色羊绒布做的，内衬用的是棕色细纺布。衣服前面缀着一排小小的棕色纽扣，妈妈在纽扣两边和衣服底部缝了一条棕色和蓝色相间的格子花呢做褶边，褶边上还穿插着红线和金线。紧身上衣上还缝了一圈格子花呢高领子，妈妈手里拿着一条白色机织花边，花边要缝到领子里面的，稍微在领子上面露出一点。

　　"哎呀，玛丽，真是太漂亮了。后背没有一丝褶皱，肩膀也刚刚好。"劳拉告诉她，"袖子看起来也正合适。"

　　"是啊。"玛丽说。"不知道这扣子能不能扣上。"

　　劳拉转到了玛丽前面。"吸口气，玛丽，屏住。"劳拉焦急地说。

　　"太紧了。"妈妈绝望地说。扣子都在扣眼里绷着，有几颗根本就扣不上！

　　"屏住呼吸，玛丽！屏住！"劳拉着急地大喊道。她迅速解开纽扣。

"现在可以呼气了。"上衣一解开，玛丽吸了一大口气。

"天啊，怎么能犯这样的错误啊！"妈妈说，"上个礼拜还正合适呢！"

劳拉突然想起了什么。"肯定是因为玛丽的束身衣，估计有点松了。"

确实是这样。玛丽又屏住呼吸，劳拉把束身衣拉紧，这样上衣扣子就扣上了，看起来非常漂亮合身。

"真庆幸我现在还不需要穿束身衣呢！"卡莉说道。

"你也就趁着现在高兴一会儿吧，马上你也要穿了。"劳拉说道。穿束身衣真是太痛苦了，从早上穿上，要一直到晚上才能脱下来。可是女孩子要是挽起头发，穿上及踝的长裙，就必须得穿束身衣。

"你夜里也应该穿着。"妈妈说。玛丽确实夜里也穿着，可是劳拉无法忍受夜里穿着硬邦邦的束身衣，连呼吸都不能顺畅。睡觉之前，她就得把束身衣脱下来。

"天知道你的体型会变成什么样啊！"妈妈警告她，"我刚结婚的时候，你爸爸用两只手就能圈住我的腰。"

"现在不行了。"劳拉淘气地回答，"不过他似乎还是喜欢你的。"

"别淘气，劳拉。"妈妈斥责道。不过妈妈的脸上泛起了两片绯红，禁不住微笑了。

现在妈妈把白色蕾丝缝到了玛丽的领子上，用大头针别好，这样蕾丝边就从领子边缘优雅地垂在胸口，像个小瀑布一样。

所有人都退后一步欣赏着。这条棕色羊绒多褶裙如此平滑，前面紧身，两边和后背是宽松的褶皱，这样就可以放下裙箍了，前面的裙裾刚好触碰到地板，而后面的裙摆也恰好拖到地面上，玛丽一转身，就发出嗖嗖的声音。裙子底端的褶边，看起来像散开的荷叶一样。

罩裙是用棕色和蓝色相间的格子花呢做的。前面有褶皱，褶皱中间是开衩的，分别拖到裙子两边，这样就能把里面的裙子露出更多一些。裙子后面形成非常饱满的褶皱，一直到下面的荷叶花边上面。

更让人赞不绝口的是，玛丽的腰身在紧致顺滑的上衣修饰下，显得更加纤细了。精致的小扣子一直延伸到玛丽下巴下面小瀑布一样的蕾丝边。棕色羊绒从肩膀倾斜而下，一直到胳膊肘都很贴身，然后下面的袖子开始变宽，袖口缝了一圈格子花呢褶边，手腕处非常宽松，白色的褶边映衬着玛丽纤长的双手。

玛丽穿着这件漂亮的裙子，看起来更加迷人了。她的头发比格子花呢里面的金丝线更加柔软、更加闪亮。她蓝色的眼睛虽然看不见，但是比衣服的蓝色布料更加灿烂。脸蛋也红扑扑的，整个人显得非常时髦。

"天啊，玛丽，太漂亮了！"劳拉说道，"简直是从时尚插画里走出来的。学校里肯定没有人能和你媲美，我敢肯定。"

"真的这么好看吗，妈妈？"玛丽羞怯地问道，脸蛋红得更厉害了。

妈妈也第一次没有制止玛丽的虚荣心。"是的，玛丽，真的很好看。"她说，"你穿着不仅很时尚，还非常有气质。无论你走到哪儿，大家肯定都会感觉眼前一亮的。而且啊，你可以放心，这裙子什么场合都能穿。

大家都情不自禁多看她几眼，玛丽穿着这条羊绒裙子都快要热晕了。大家小心地帮她脱了下来。这条裙子终于做好了，而且非常成功。现在只剩下一些小事了，妈妈要给玛丽做一顶冬天戴的天鹅绒帽子，还要给她织几双袜子。而劳拉要用棕色丝线给她织一双连指手套。

"等我有空再织吧。"劳拉说,"现在衣服都缝好了,该帮爸爸堆干草去了。"

劳拉喜欢跟爸爸一起干活,喜欢外面的阳光和清风。还有一个秘密的原因就是,堆干草的时候,就可以不用穿束身衣啦。

"我想也是,"妈妈勉强同意了,"不过这些干草要堆到镇上去。"

"啊!妈妈,不是吧!难道我们还是要搬到镇上去?"劳拉大叫道。

"小声点,劳拉。"妈妈温柔地提醒她,"记住,女孩子家,说话应该细声细语。"

"我们要搬去镇上吗？"劳拉小声说。

"我和你爸考虑了一下，最好还是不要冒险在这边过冬，等以后他把这边改建得更防风防雨了再说。"妈妈说，"你知道去年冬天我们就没法在这边度过的。"

"或许今年冬天就没那么糟糕了。"劳拉央求道。

"最好不要冒这个险。"妈妈非常坚定。劳拉知道，这件事已成定局，他们必须搬到镇上去，直到冬天过去，而她必须接受这个事实。

这天黄昏，成群的乌鸦在燕麦田上空迎着夕阳打旋嬉戏着。爸爸拿出猎枪，朝着它们开火了。他也不愿意这么做，可是也没有办法。爸爸得保护庄稼。冬天的时候，马和牛还要依靠干草度过下个冬天，而燕麦和玉米还要拿去卖钱缴税和买煤。

第二天早晨，草叶上的露水刚刚退去，爸爸就出门用割草机割干草了。而屋子里，妈妈开始准备给玛丽做天鹅绒帽子，玛丽正忙着织一只棕色丝质连指手套。到了十一点，妈妈说道："天啊，该吃午饭了。快去，劳拉，去掰点玉米穗，回来煮煮吃。"

现在玉米秸秆比劳拉还高呢，长长密密的叶子在风中沙沙作响，玉米穗也在点着头，这真是一幅美好的景象啊！劳拉走进玉米地里，一大片乌鸦飞了起来，在头顶盘旋着。乌鸦们的翅膀呼呼地扇着，比长叶子的沙沙声还要响亮。密密麻麻的乌鸦像一大片乌云一样，在地面上形成了一大片黑影。它们迅速从秸秆顶端飞过，在另一片地里落了下来。

地里结了很多玉米穗，几乎每根秸秆上都挂着两个，有的还挂着三个。玉米须已经干了，只有一点点花粉还在飞着，长长的须从绿色的玉米皮顶端伸出来，像是一簇浓密的绿色发丝。很多玉米须已经变成棕色了，劳拉小心翼翼地捏了捏玉米穗，感觉里面的玉米非常饱满。为了确定玉米穗是不是熟了，劳拉在掰下之前，剥开了外皮，里面一排排乳白色的玉米粒露了出来。

乌鸫依然在她身边飞来飞去。突然，她惊愣地停了下来。乌鸫在吃玉米！

她发现有很多玉米穗被乌鸫掏空了。外皮被剥开了，玉米棒上空空如也，玉米粒都不见了！她站在那里一动不动，乌鸫就在旁边落了下来，抓住玉米穗，用尖尖的嘴撕开外皮，迅速地啄食着玉米粒。

劳拉感到一阵绝望，她默不作声，冲过去驱赶着。她感觉自己好像在尖叫。她用遮阳帽拍打着鸟儿。鸟儿呼地飞了起来，在头顶盘旋着，然后又落了下来，前面，后面，到处都是。它们抓住玉米穗，撕开外皮啄食着玉米粒。鸟儿实在是太多了，她一点办法都没有。

她掰了一些玉米穗用围裙兜着，回到了家里。她的心脏嗵嗵直跳，四肢都在打战。妈妈问她发生了什么事，她真不想说出这个事实。"玉米地里都是乌鸫！"她说，"要不要告诉爸爸？"

"乌鸫总会吃掉一点玉米的，没事的。"妈妈说，"你还是给爸爸送些凉水喝吧。"

到了干草地，劳拉把乌鸫的事情告诉了爸爸，爸爸也觉得不需要担心。他说他已经打死了一百来只了，差不多已经把那里的乌鸫都赶出去了。"它们可能会吃掉一些玉米，不过也没什么大碍。"

"可是，真的有很多！"劳拉说，"爸爸，如果玉米卖不了钱了，玛丽——玛丽还能去上学吗？"

爸爸表情凝重了起来。"你觉得这么严重吗？"

"真的有很多很多！"劳拉说。

爸爸抬头瞥了一眼太阳。"好吧，再过一个钟头也不会怎么样。

等回去吃午饭的时候我去看看。"

中午，爸爸拿着猎枪来到了玉米田。他走进玉米地，对着飞起来的一大片乌鸦开几枪，每一枪都打下来几只，不过那一大片乌鸦还是会落到玉米地里。后来，子弹用光了，那一大片盘旋的翅膀好像也没有变少。

后来，玉米地里的乌鸦都飞走了，不过它们已经把吃到的玉米粒都吃掉了。现在只剩下一堆秸秆了。

妈妈本来以为她带着女儿们就可以把乌鸦都赶走。她们确实也尽力了。就连格蕾丝也在一排排玉米秸秆里面穿来穿去，尖叫着甩着自己小小的遮阳帽。可是乌鸦在头顶盘旋了几圈之后还是会落在玉米穗上，撕开外皮，啄食玉米粒。

"你就是用尽全力也没什么作用的，卡罗琳。"爸爸说，"我去镇上再买些子弹回来吧。"

爸爸离开后，妈妈告诉孩子们："咱们继续赶，看能不能撑到你爸爸回来。"

大家都在玉米地里跌跌撞撞地来回跑着，太阳火辣辣的，大家尖叫着、大喊着，挥舞着手臂。汗水顺着脸颊往下流，衣服后背都被汗水浸湿了，锋利的叶子割破了她们的手和脸。大家的喉咙喊得生疼。可是乌鸦还是盘旋几圈又落在了玉米穗上，用尖尖的嘴撕扯着、啄食着。

最后妈妈停了下来。"我看没用了，孩子们。"她说。

爸爸终于买了子弹回来。整整一个下午，他都在那里打乌鸦。这鸟儿实在是太多了，随便对着天上开一枪就能打下来一只。可似乎他打得越多，鸟也越来越多，就好像整个领土上面所有的乌鸦都赶过来啄玉米粒似的。

最初，只是一般的乌鸦。后来，又来了更大的黑头乌鸦，还有红头带红斑的乌鸦，总共有上千只。

早晨，黑压压一大群乌鸦在玉米地上飞飞落落。早饭后，爸爸两手拎着好几只乌鸦进屋来了。

"虽然没听说过有人吃乌鸦，但是这些肉肯定不错，跟黄油一样肥。"爸爸说。

"去把毛褪了，劳拉。中午煎煎吃。"妈妈说，"虽然损失很大，但还是有点小收获。"

劳拉把鸟毛褪掉，中午的时候，妈妈加热煎锅，把褪过的乌鸦直接放进锅里。借着肥肉煎出的油，其他肉也煎熟了。午饭的时候，大家都说这是他们吃过的最鲜嫩、最美味的肉了。

午饭后，爸爸又拎回来一把乌鸦，抱回来一些玉米。

"我们就当玉米都没了吧。"他说，"这些玉米都还不太熟，不过我们最好在乌鸦都吃掉之前能吃多少吃多少吧。"

"我怎么早没想到！"妈妈大喊，"劳拉！卡莉！你们快去，把差不多能晒成干玉米的都摘回来！我们肯定得留点过冬啊！"

劳拉明白妈妈为什么早些时候没有想到呢，因为妈妈一直在担心别的事情呢。如果玉米卖不了钱了，爸爸就必须得从自己的储蓄里拿出一部分来缴税、买煤。这样的话，今年秋天，还怎么送玛丽去上学？

玉米地里的乌鸦密密麻麻，一排排玉米中间，乌鸦粗暴地拍打着劳拉的手臂，撞击着头顶上的遮阳帽。劳拉感到头顶上一阵阵急促的风扇过。卡莉大叫着，说被乌鸦啄了几下。就好像这片玉米地是属于乌鸦的，它们正在奋力捍卫一样。它们飞起来，残酷地拍打着劳拉和卡莉的脸，啄着她们手里的遮阳帽。

剩下的玉米不多了。就连那些最小的玉米穗，上面的玉米粒才长了没几颗，也被乌鸫剥开啄掉了。不过劳拉和卡莉抢过来不少刚被乌鸫吃了一点的玉米穗，用围裙兜了好几兜回去。

劳拉在屋里寻找着中午爸爸带回来的乌鸫，想褪了毛准备晚饭，不过怎么找也没找到，奇怪的是，妈妈也不告诉她把乌鸫放到哪去了。

"等着瞧吧。"妈妈神秘地回答，"咱们要先把这些玉米煮熟了，把玉米粒剥下来晒干。"

剥玉米粒是有技巧的。刀子必须平整地切下一排排玉米粒，要足

够深，这样才能把玉米粒完整地切下来，但又不能太深，否则就把根部的玉米棒也切下一截了。玉米粒掉在下面乳白色的木板上，湿湿的，黏黏的。

妈妈把剥下来的玉米粒放在一块干净的旧桌布上面，摊在外面的阳光里，然后又找来一块布盖上，免得乌鸦和小鸡啄食，也免得苍蝇叮。炎热的阳光会把玉米粒晒干，等来年冬天，放在水里泡一泡煮来吃，味道很不错的。

"这是印第安人的主意。"爸爸来到桌前准备吃午饭的时候说道，"你现在承认了吧，卡罗琳，印第安人还是有点想法的。"

"哎呀，就算是吧，你也说了很多遍了，我不想再听啦。"妈妈回答。她很讨厌印第安人，不过这会儿她心里藏着一个秘密呢，没空跟爸爸争论啦。劳拉猜想这个秘密肯定跟那些失踪的乌鸦有关。"梳梳头，坐过来吃饭吧，查尔斯。"妈妈说。

妈妈打开了烤箱门，取出一个盛牛奶的白锡平底锅。只见里面放着一块饼，上面有一层厚厚的咖啡色酥皮。她把锅放到爸爸面前，爸爸惊喜地叫道："鸡肉馅饼！"

"唱一首六便士之歌——"妈妈唱了起来。

劳拉接着唱了起来，然后卡莉、玛丽甚至连格蕾丝都一起唱了起来。

> 黑麦满满一口袋，
>
> 二十四只乌鸫鸟，
>
> 放在馅饼里面烤！
>
> 我把馅饼掀开来，

小鸟唱起歌儿来。

把这美味的一餐，

摆在国王的面前。

"哎呀，我要掀开啦！"说着，爸爸拿着一把大勺子插进了馅饼的酥皮里，弄了一大块放到一个干净盘子里。馅饼里面冒出热腾腾的雾气，看起来非常松软。爸爸在上面浇了几勺肉汁，又在旁边放了半只乌鸫，乌鸫已经烤成焦黄色，肉鲜嫩得都快从骨头上滑下来了。他把这盛出来的第一个盘子递给桌子另外一边的妈妈。

打开的馅饼散发出浓郁的香味，大家都眼巴巴地望着这块馅饼，等着切给自己的部分，不停地咽口水。而桌子底下的小猫也弓着身子，肚子饿得咕噜咕噜叫，急切地喵喵叫着。

"那个平底锅只能放得下十二只乌鸫，"妈妈说，"每人两个，不过估计格蕾丝吃一只就够了，所以你可以吃三只，查尔斯。"

"这让人想起去年家里有鸡的时候你做的鸡肉馅饼。"爸爸说。他吃了一大口，又接着说道："这个馅饼真是比那个好吃太多了！"

大家都觉得乌鸫肉做的馅饼比鸡肉馅饼好吃多了。而且，还有新收获的土豆和豌豆、切成片的黄瓜、煮胡萝卜、奶油色的干酪。这还不是礼拜日呢。只要乌鸫还在，只要菜园还是一片绿色，他们每天都可以这么吃。

劳拉心想："妈妈说得对，总有值得感恩的事。"不过，她的心情还是有些沉重。燕麦和玉米都没有了，她真不知道玛丽现在还怎么去上学。那件最漂亮的新裙子，另外两件新裙子，还有漂亮的内衣，都要放起来等明年再拿出来了。这对于玛丽来说，真是太残忍了，她一定失望极了。

爸爸从盛西红柿的小碟子里吃完最后一勺粉色的甜酱，喝了几口茶。午饭结束了。他起身，拿下挂在钉子上的帽子，对妈妈说道："明天是礼拜六。你要是跟我一起到镇上去，我们可以给玛丽挑一个行李箱回来。"

玛丽激动得呼吸急促起来。劳拉大叫起来："玛丽还可以去上学？"

爸爸有些吃惊，问道："怎么这么问啊，劳拉？"

"还怎么能去呢？"劳拉问，"燕麦没有了，玉米也没有了。"

"真是长大了，我都没想到你已经开始担心家事了。"爸爸说，"我准备把小母牛卖了。"

妈妈大叫："不！不要！不要卖小母牛！"

要是不卖的话，等明年小母牛长大了，就可以挤奶了，这样家里就可以有两头奶牛了，一年四季都有牛奶喝、有黄油吃了。现在，要是把小母牛卖了，就要再等两年，刚出生的小牛犊才能长大。

"卖了才能解决现在的处境。"爸爸说道，"我打算卖十五块钱。"

"别担心，丫头们。"妈妈说道，"咱们节省点就可以了。"

"唉，爸爸，这一年开销很大的。"玛丽小声说道。

"没事，玛丽。"爸爸说，"我们就打算这时候送你去上学的，而且已经决定了。那群讨厌的乌鸫也没法阻止这件事。"

玛丽去上学

玛丽明天就要去上学了，今天是她在家的最后一天。

爸爸和妈妈已经给她买了新的行李箱。行李箱外面是一层闪亮的白锡，上面有着凹凸的图案。箱子中间和四角都钉上了涂过亮漆的木条，弧形的盖子上也横排着三根木条。四角用螺丝拧上了几小片铁皮，用来加固木条。盖子关上的时候，两个铁插销刚好插进下面两个小小的铁环里，两副铁环合在一起，就可以用锁锁起来。

"不错，箱子很牢固。"爸爸说，"我还准备了五十尺结实的新绳子捆绑它。"

玛丽用灵敏的手指抚摸着、感受着箱子表面，脸上泛起愉快的光芒。劳拉给她描述了一遍箱子闪亮的白锡和棕黄色的木头。妈妈说："这箱子是最新的款式，玛丽，你用一辈子都没问题。"

箱子里面，用的是抛光木材。妈妈用报纸小心翼翼地铺了一层，然后把玛丽的行李放得紧紧的。箱子四角都用揉成一团的报纸填着，里面东西装得满满的，很是牢固，这样即使在火车上摇摇晃晃，里面的东西也不会动。她还在里面铺了很多层报纸，因为怕玛丽的衣服不够把箱子填满。不过后来等衣服都装了进去，装得很紧实，而且那一堆用报纸盖上的衣服已经可以填满箱子弓起的盖子，妈妈就合上盖子，坐在上面压紧，爸爸则啪嗒一声把锁锁上了。

然后，爸爸一次次地上下左右地滚动着箱子，用崭新的绳子紧紧地捆了几圈，最后劳拉帮忙把绳子拉紧，爸爸牢牢地打了一个结。

"好啦！"爸爸最后说，"这下结实了！"

大家忙活的时候，就可以暂时忘掉玛丽就要离开家的事实。可是现在一切都准备好了，还没到午饭时间，这段空闲的时间，大家都陷入了沉思。

爸爸清了清嗓子，到外面去了。妈妈把针线篮拿出来，但是她把篮子放在了桌子上，就站着一动不动地朝窗外望去。格蕾丝恳求道："不要走啊，玛丽，不要走好不好？我要听你讲故事！"

这或许是最后一次，玛丽把格蕾丝抱到膝盖上，给她讲述爷爷还有威斯康星大森林的故事了。等玛丽回来的时候，格蕾丝就该是个大姑娘了。

"哎呀，格蕾丝，不要缠着你姐姐了。"玛丽把故事讲完了，妈妈说道，"你晚饭想吃什么，玛丽？"这也是玛丽在家吃的最后一顿晚餐了。

"妈妈，你做什么都好吃。"玛丽回答。

"天太热了。"妈妈说，"我想用洋葱做点干酪球，还有奶油拌豌豆。劳拉，你到菜园里弄点莴苣和西红柿回来。"

玛丽突然问道："我可以跟你一起去吗？我想出去走走。"

"嗯，你们不用着急，"妈妈告诉她们，"晚饭还早着呢。"

她们穿过马厩，爬上了低低的山坡。夕阳正要落下去休息，就像一个国王拉上了大床周围华丽的床帘，玛丽心里这样想。不过玛丽都看不到这些，当然也不会有这样的想象。所以，劳拉说："玛丽，太阳正往下沉呢，要沉到一直蔓延到天边的柔软云层里。云朵边缘被染成了绯红色，就像镶着珍珠的玫瑰色和金色帷幔从天空最高处垂了下来，给整个草原盖上了巨大的华盖。云层缝隙中，可以看到一小片一小片清澈、碧绿的天空。"

玛丽站在那里一动不动。"我会想念和你一起散步的时光的。"她的声音有点颤抖。

"我也会的。"劳拉咽了一口口水，继续说道，"不过想想吧，你就要去上学了！"

"如果不是你，我根本不会有这样的机会。"玛丽说，"学习上，你一直在帮助我，而且把你赚到的九块钱都给了妈妈，好给我凑学费。"

"那钱又不多，"劳拉说，"算不上什么，没我预想的多……"

"不，很多！"玛丽反驳道，"很多了。"

劳拉的喉咙有些哽咽。她努力地闭了一下眼睛，深深地吸了口气，可是声音依然是颤抖的。"希望你喜欢学校里的时光，玛丽。"

"嗯，我会的。我一定会的！"玛丽长长地呼了一口气，"想想我就要去学校读书了——还有所有的一切！甚至还可以拉手风琴。劳拉，我真要谢谢你。你还没有去教书呢，就已经帮助我去上学了。"

"等我年龄一到，马上就会去教书的。"劳拉说，"那样我就能再多帮帮你了。"

"你不必这样的。"玛丽说。

"我必须这么做。"劳拉回答道，"不过要等我十六岁了才可以。法律上这么规定的，必须年满十六，才能去做老师。"

"等那个时候，我就不在家了。"玛丽说道。突然间，两个人都感觉似乎玛丽这次一走，就永远不会回来了。想想未来的几年，会是多么空荡、多么可怕啊！

"唉，劳拉啊，我以前从没有离开过家，有点不知道该怎么办。"玛丽坦白地说。她浑身都在发抖。

"一切都会好的。"劳拉坚定地说，"爸爸妈妈会跟你一起去，我知道你肯定能通过考试的。别害怕。"

"我不害怕。我也不会害怕。"玛丽说，"我会孤单的，不过这也没办法。"

"嗯。"劳拉说。过了一会儿，她清了清嗓子，告诉玛丽："太阳已经藏到白云后面了。这个跳跃着火焰的巨大火球，把上面的云彩烤成了绯红色、深红色、金色还有紫色，天空中大片大片的云朵都燃烧了起来。"

"我的脸好像可以感觉到太阳光。"玛丽说，"不知道爱荷华州的天空和太阳是不是和这里一样呢？"

劳拉也不知道。她们慢慢地走下了小山坡。两个人最后一次散步就这样结束了，或者说，这最后一次散步走了那么久，好像走了一辈子一样。

"我肯定能通过考试的，你帮了我那么多。"玛丽说，"你跟我一起复习了你在课上学到的每个单词，直到我学会教科书上所有的东西。可是，劳拉，你该怎么办呢？爸爸为我买了那么多东西——行李箱、新衣服、新鞋子、火车票……那么那么多东西——我很担心，他以后还怎么给你和卡莉买教科书和新衣服呢？"

"没事，爸爸妈妈肯定会有办法的。"劳拉说，"你知道没什么能难得住他们的。"

第二天一大早，劳拉还没穿好衣服，妈妈就已经把爸爸打死的乌鸦放在开水里烫，然后褪了毛。早饭过后，妈妈把乌鸦煎了煎，等凉了之后，用一个盒子装起来，准备让玛丽在火车上吃。

爸爸妈妈还有玛丽昨天晚上都好好洗了个澡。现在，玛丽穿上了她最好的旧印花棉布裙子，还有一双好鞋子。妈妈穿上了她轻薄的夏季针织衫，爸爸则穿上了做礼拜的衣服。邻居家的男孩答应送他们到停车场。爸爸和妈妈会跟玛丽去一个礼拜，等回来的时候他们两个人就可以从镇子上走回来了。

四轮马车来了。驾车的是个脸上长着雀斑的男孩，戴着草帽，草帽缝隙里露出几簇红色的头发。他帮爸爸把玛丽的行李抬到了马车上。头顶上炎热的太阳直射下来，空气中吹过一阵阵风。

"好了，卡莉、格蕾丝，在家要乖，听劳拉的话。"妈妈说，"劳拉，记得每天给小鸡的盘子里添水，提防着老鹰，还有每天把煮奶的锅热一热，放在太阳下晒晒。"

"好的，妈妈。"三个人齐声回答。

"再见！"玛丽说，"再见，劳拉！卡莉，格蕾丝，再见！"

"再见！"劳拉和卡莉也不情愿地说道。不过格蕾丝只是瞪着圆圆的眼睛，什么也没说。爸爸扶着玛丽让她踩着马车轮子爬上去，跟妈妈还有那个驾车的男孩一起坐在座位上，而自己则坐在了行李箱上面。

"好啦，出发吧！"爸爸对男孩说。"丫头们，再见！"

马车启动了。这时，格蕾丝张大嘴巴哭了起来。

"真丢人，格蕾丝！都这么大了，还在这儿哭！"劳拉说不出话来了，她的喉咙肿了，一说话就很痛。而卡莉看起来也好像随时都会哭出来一样。"真丢人！"劳拉又说了一声，格蕾丝忍住不再继续哭了。

爸爸妈妈和玛丽并没有回头看。他们不得不出发。马车载着他们离开了，一切都变得非常安静，比以往所有的时刻都要安静，而且并不是草原上那种愉悦的安静。玛丽觉得，这是一种彻彻底底的、骨子里的安静。

"走吧，"她说，"咱们进屋。"

屋子里也非常安静，安静得让人受不了，劳拉感觉说话都要小声点。格蕾丝忍住了呜咽。三个人就这样站在自己的家里，只感到周围一片安静和空荡。如今，玛丽已经不在家了。

格蕾丝又哭了起来，而卡莉的泪水也直打转。这样的事情可能再也不会发生了，而此时此刻，接下来整整一个礼拜，劳拉都要负责起家里的一切，妈妈还指望她呢。

"听我说，卡莉、格蕾丝，"她轻快地说，"咱们把屋子里里外外都大扫除一遍吧！现在就开始吧！等妈妈回来的时候，就发现咱们已经把秋季大扫除做完啦！"

劳拉从来没有这么忙碌过。大扫除真是又累又麻烦。她之前并不知道要把浸湿的被子从盆里拎出来、拧干再挂到绳子上有多费力气，也不知道要忍住不对想帮忙却总是帮倒忙的格蕾丝发脾气有多艰难。不过，也很让人诧异，本来看起来干干净净的屋子清扫起来却都是灰。似乎越是清扫，屋子里就越脏。

最糟糕的是，有一天非常炎热，她们把干草褥套又是拉又是拖地弄到了外面，把里面旧的干草掏出来，清洗一下，又用香香的新鲜干草填了进去。她们已经把床板从床架上拆了下来，斜着立在墙边，劳拉的手还被夹住了。现在，她们又试图把床架拆开，劳拉拉着一个床角，卡莉拉着另一个。床角拆开来了，突然间，床头板掉了下来，砸到了劳拉

头上，砸得她眼冒金星。

"啊！劳拉！你没事吧？"卡莉大喊。

"嗯，不要紧。"劳拉说完就想把床头板推一推立在墙上，不过床板又滑下来砸到了她的脚踝上。"唉哟！"她禁不住疼得叫了起来，接着又说了句："随它爱在哪儿就在哪儿吧！"

"可是我们还得擦地板呢。"卡莉指出。

"我知道啊。"劳拉表情严肃，坐在地板上，双手握着脚踝。她凌乱的头发粘在汗淋淋的脖子上，衣服脏兮兮的，都被汗水浸湿了，浑身感觉热腾腾的，指甲已经完全变成黑色了。卡莉脸上也都是灰尘和汗水，头发里还有半截干草。

"我们得洗个澡。"劳拉小声说。突然，她大喊道："格蕾丝去哪儿了？"

她们有好大一会儿没顾得上格蕾丝了。格蕾丝在草原上已经走丢过一次。曾经有两个布鲁金斯的男孩在草原上走丢了，等找到就已经死了。

"我在这儿呢！"格蕾丝甜美的声音传了过来，然后进了屋，"外面下雨了！"

"天啊！"劳拉大喊。真的下雨了，屋顶上飘着黑压压一片乌云，几滴豆大的雨点砸了下来。突然间，雷声大作。劳拉尖叫道："卡莉！干草褥子！被子！都在外面呢！"

她们赶紧跑了出去。褥套倒不是很沉，可是她们已经往里面塞了满满的干草。她们两个根本抬不住，不是劳拉这边手滑了，就是卡莉那边手松了。等抬到了门口，还要把垫子立起来才能抬进门去。

"我们要么抬着，要么往前推，两样同时做真不行！"卡莉喘着粗气说道。暴雨来得这么快，这么急，一颗一颗砸在屋顶上。

"让开！"劳拉大喊一声。不知道哪来的力气，她一个人把干草褥子推到了屋子里。可是已经来不及抬另一个了，也来不及收回来晾晒的被子了。暴雨已经倾盆而下。

绳子上的被子还能再晒干，可是另一个干草褥子又要重新掏空、清洗，再填满。要是没有完全晒干，里面的干草就会有一股霉味。

"咱们可以把另一间卧室里所有的东西都搬到客厅来，然后继续清洗。"劳拉说。大家就这么办了。有一会儿，屋里一片安静，只听见外面的雷声、噼里啪啦的雨声，还有擦洗拧干衣物的唰唰声。劳拉和卡莉手脚并用，几乎踩遍了卧室的每个角落。这时候，传来了格蕾丝高兴的声音："我也来帮忙哦！"

她正站在椅子上往壁炉上涂黑色涂料。不过她身上从头到脚溅得全是黑乎乎的，壁炉旁边也到处是斑斑点点，原来她在涂料盒子里加了太多的水，都溢出来了。她高兴地抬起头，满心期待着得到劳拉的表扬，没想到她拿着抹布刚往污迹斑斑的壁炉上又涂了一下，就把上面的涂料盒子打翻了。

格蕾丝蓝色的眼睛里噙满了泪水。

劳拉不安地看了看这个屋子，妈妈走的时候还干干净净、漂漂亮亮的。她极力耐着性子说："没事，格蕾丝；别哭，我会再擦干净的。"然后就无力地坐在了拆散的一堆床架上，弯起双腿，把额头埋在了膝盖上。

"唉，卡莉，真不知道该怎么做到像妈妈那样！"她都快哭了。

这一天真是最糟糕的。到了礼拜五，屋子里几乎已经井井有条了，不过她有点担心妈妈会早回来。那天她们忙到了很晚。礼拜六，劳拉和卡莉洗完澡倒在床上的时候，就已经接近午夜了。不过屋子里已经非常干净整洁，完全做好准备迎接礼拜日的到来了。

壁炉旁边的地板已经擦得白白亮亮，只剩下一点点黑色的痕迹。床上已经放上了干净、鲜艳的被子，里面填上了香喷喷的新鲜干草。窗户玻璃擦得一尘不染。碗橱里的架子也擦得干干净净，碗碟都洗了一遍。"我们现在就吃面包喝牛奶吧，不要占用碟子了！"劳拉说。

现在只剩洗窗帘、熨窗帘，再挂上去了。当然还有一些平常的衣物要洗，不过这些都得等礼拜一再做了。礼拜日是休息日，她们都很高兴。

礼拜一一大早，劳拉就开始洗窗帘了。等她和卡莉把洗过的其他衣物挂在绳子上的时候，窗帘就已经干了。她们往上面洒了点水，熨了熨，然后挂在了窗户上。现在，屋子里一切都非常完美了。

"爸爸妈妈回来之前，我们得看着格蕾丝，别让她再弄乱了。"劳拉私下里对卡莉说。两个人累得一步都不想走，所以就坐在屋子阴影下的草坪上，看着格蕾丝跑来跑去，等候着远处火车冒出的白烟。

她们看见草原上升起滚滚白烟，然后沿着天际线慢慢散去，就像书写了一行无法读懂的文字。她们听到了一阵火车汽笛声。过了一会儿，又响了一阵，滚滚白烟在天际线最低处书写着。就在她们以为今天爸爸妈妈不会回来了的时候，突然远远地看到爸爸妈妈小小的身影，他们正走在从镇子回来的那条路上。

然后，所有对玛丽的思念又一下子回到了脑海里，仿佛她是刚刚离开一样。

她们在大泥沼旁边接到了爸妈，过了一小会儿，大家才都说起话来。

爸爸妈妈对那所盲人学校很是满意。他们说那是一个好地方，教室是个很大的砖房子。冬天的时候，玛丽待在那里也会又温暖又舒服。那里伙食也不错，还有一帮讨人喜欢的姐妹。妈妈就很喜欢玛丽的室友。老师们都很和蔼。玛丽也出色地通过了考试。妈妈没有看到谁的衣服比玛丽更漂亮。在那里，玛丽将会学到政治经济学、文学、高等数学，还有缝纫、针织、串珠和音乐。学校里还有台脚踏式风琴。

玛丽能去上学，劳拉非常高兴，几乎都忘了想念玛丽的孤独和忧伤。玛丽一直那么喜爱学习，现在她可以尽情学习到太多太多以前从来没有机会学到的东西。

"嗯，她必须待在学校，必须。"劳拉想道。然后开始在心里回想自己立下的誓言，哪怕自己不喜欢，也要好好学习，等一满十六岁立马拿到教师资格证，就可以挣钱供玛丽读书了。

她这会儿都忘了她们大扫除的事情了，不过等她和爸爸妈妈进屋，妈妈问道："卡莉，你和格蕾丝怎么这么高兴？搞什么鬼呢？"

格蕾丝一上一下地蹦着，大叫道："我给壁炉涂了涂料！"

"真的假的？"妈妈说着进了屋，"看起来很不错啊，不过格蕾丝，肯定是劳拉帮你的吧。你不该说——"然后她看见了干干净净的窗帘。"哎呀，劳拉，"她说，"你是不是洗了——还有窗户——还有——哎呀，天哪！"

"我们已经做完了秋季大扫除，妈妈。"劳拉说。卡莉也插了一句："我们洗了被子，填了稻草到褥套里面，还擦了地板，所有的地方都清扫了一遍！"

妈妈惊讶地举起手，软软地坐了下来，又放下了手。"我的天哪！"

第二天，妈妈打开自己的行李箱，给了她们每个人一个惊喜。她拿着三个扁平的包裹，一个给了劳拉，一个给了卡莉，一个给了格蕾丝。

格蕾丝的包裹里面是一本图画书。光滑的纸张上面印着五颜六色的图案，还粘着很多好看的布艺树叶，每一片树叶的边缘都涂上了粉红色。

劳拉的包裹里也是一本漂亮的小书。书本薄薄的，横着要比竖着宽。红色的封面上，印着五个浮雕烫金字："签名纪念册"。

书里的每一页都是空白的浅色纸张。卡莉的那本也跟这个差不多，只不过她的封面是蓝色金字的。

"我看见现在流行签名纪念册。"妈妈说，"温顿大部分时尚女孩都有的。"

"可是，这到底是做什么用的？"劳拉问道。

"你让你朋友在其中一页空白纸上写上一句话，签上名字。"妈妈解释道，"要是她也有签名纪念册，你也可以在她的上面写字签名，你们各自保留着纪念册好记住彼此。"

"我现在就想去上学了。"卡莉说道，"我要给那些陌生女孩看看我的纪念册，要是她们对我好，我就让她们在上面写字签名。"

看到两个丫头都很开心，妈妈也很高兴。她说："我和你爸爸送玛丽去爱荷华州温顿上学，想着回来一定也要带点礼物给你们两个小丫头。"

怀德老师

　　开学第一天，劳拉和卡莉一大早就出发啦。她们穿上了最好的印花棉布裙子，因为妈妈说反正等明年夏天，裙子也会小了，穿不下了。她们把课本夹在腋下，劳拉则带着锡制的午餐饭盒。

　　早晨的阳光还没有把夜晚的凉意完全驱散。高高的蓝天下面，绿色的草原已经变成浅棕色和淡紫色。微风轻轻吹过，带来了成熟青草的芬芳，还有野生向日葵浓烈的香味。路旁绽放的黄色花朵一直在朝着她们点头，嫩绿色的叶子轻轻拍打着劳拉手里摇摇晃晃的饭盒。劳拉走在一条车辙里，卡莉则走在另一条里面。

　　"哎，真希望怀德小姐是个好老师。"卡莉说道，"你呢？"

　　"爸爸肯定觉得她是个好老师，他是校董事会的呀！"劳拉指出，"不过也许因为她是怀德先生的姐姐，学校才雇她来的。哎，卡莉，你还记得那两匹漂亮的棕马吗？"

　　"他有那些漂亮的马，又不能代表他的姐姐就是个好老师。"卡莉反驳道，"不过也说不定呢！"

　　"不管怎样，她知道怎么教书。她有教师资格证的。"劳拉说。想到自己要非常刻苦努力地学习，才能拿到教师资格证，她长叹了一口气。

现在，主街修得更长了。银行对面，也就是爸爸的房子那边，又开了一家新的车马出租所。铁路另一边，街道的尽头，建起了一座高高的谷仓。

"新开的车马出租所和爸爸的房子中间为什么留了那么多空地？"卡莉有些好奇。

劳拉也不知道。无论如何，她喜欢那空地上的野草。爸爸的畜棚旁边堆起了很多新的干草堆，今年冬天他们就不需要从宅地那边运干草过来了。

走到第二大街的时候，她和卡莉往西转了。学校旁边更远的地方，已经零零散散地盖起了新的小棚屋。铁路旁边新建了一家面粉厂，发出巨大的声响，而在第二大街和第三大街中间的空地上，可以看到第三大街上新建教堂的轮廓。男人们正在工地上忙活着。学校门口聚集着很多学生，大部分都是劳拉不认识的。

卡莉害怕地往后退了几步，劳拉的腿也发软了。可是她必须在卡莉面前表现得坚强一些，所以她大胆地向前走去。一双双眼睛朝她望了过来，劳拉的手心里紧张得都是汗。那边至少有二十多个男孩女孩吧。

劳拉鼓起了全部勇气，朝着他们走过去，而卡莉也跟着走了过去。男孩们稍稍退后几步，站在了一边，女孩们则站在另一边。劳拉觉得自己根本没有勇气踏上学校的台阶。

就在这时，她看到了台阶上的玛丽·帕沃和明妮·约翰逊。劳拉认识他们。去年秋天，暴风雪之前，她们就来上学了。看见她们，玛丽·帕沃说："你好啊，劳拉·英格斯！"

玛丽睁大黑色的眼睛，看到劳拉高兴极了，明妮长着雀斑的脸也绽放出愉快的光芒。现在，劳拉感觉好多了。她觉得自己一定会很喜欢玛丽的。

"我们已经选好了座位，准备坐在一起。"明妮说道，"旁边是走道，你就坐到走道另一边和我们一排怎么样？"

她们一起走进了教室。玛丽和明妮的课本就放在最后一排靠墙的桌子上。劳拉把自己的书放到了过道另一边她们旁边的位置。这最后一排的两个位置很不错，不过卡莉肯定要坐到前面离老师近的地方，跟那些小点的女孩儿坐在一起。

怀德老师拿着上课铃从走廊走了过来。她有一头乌黑的头发和一双灰色的眼睛，看起来非常亲切。她穿着最新样式的灰黑色裙子，跟姐姐玛丽那条最好的裙子差不多，都是前面又紧又直，裙褶刚刚触到地板，小小的裙裾上面，罩着蓬松的百褶罩裙。

"同学们都选好座位了吗？"她温和地说。

"是的，老师。"明妮羞怯地回答。玛丽微笑着说道："我是玛丽·帕沃，这边是明妮·约翰逊，那边是劳拉·英格斯。我们想以后就一直坐在这里了，不知道可以吗？我们是这些同学里面最大的。"

"可以的，你们就坐在那儿吧。"怀德老师友好地说道。

她走到教室门口摇了摇铃铛。学生们都拥了进来，里面的位置都快坐满了。女孩们的位置只有一个座位还没有人。而男孩那边，后面的位置都空着呢，因为那些年龄大的男孩要到下学期才会来上课。他们还在宅地上忙着干活呢。

劳拉望向前排年龄稍小的孩子们。卡莉跟梅米·比尔兹利坐在一起，看起来非常高兴。突然，她看到有个陌生女孩正在走廊里踟蹰着。她看起来跟劳拉差不多大，而且也很胆小。女孩又瘦又小，小小的圆脸上镶嵌着大大的浅棕色眼睛。头发是乌黑的大波浪，前额细碎的头发打着小卷儿。她因为紧张，脸颊通红，羞怯地朝劳拉这边望着。

除非劳拉同意她成为自己的同桌，不然她就要一个人坐在那片空座位里面了。

劳拉很快朝她微笑着，拍了拍身旁的座位。新来女孩的棕色大眼睛闪现出高兴的光芒。她把自己的课本放在桌子上，坐在了劳拉旁边。

等一切就绪之后，怀德老师拿了一本记录簿，一个桌子一个桌子地记录着同学们的名字。劳拉的同桌说，她叫艾达·莱特，但是大家都喊她艾达·布朗，因为她是牧师布朗和她夫人的养女。

牧师布朗是刚刚来到这个镇上教会的牧师。劳拉知道爸爸和妈妈都很不喜欢他，不过她是喜欢艾达的。

怀德老师把记录簿放在讲台上，准备开始上课了。这时，教室的门又开了。大家都朝门口望去，想看看到底是谁，第一天上课就迟到。

劳拉不敢相信自己的眼睛。进来的女孩居然是来自明尼苏达州梅溪的内莉·奥雷森。

她现在已经比劳拉高，也比以前瘦了，看起来很苗条，而劳拉还是又矮又胖，像匹法国小矮马。不过，劳拉还是一眼就认出她来，虽然已经有两年没见了。内莉的鼻子依然抬得高高的，似乎对什么都嗤之以鼻，鼻子两边是一对小小的眼睛，小嘴显得又呆板又拘谨。

以前，内莉就总是取笑劳拉和玛丽，说她们是乡下女孩，而她的爸爸是开商店的。她还曾经对妈妈说过很无礼的话。甚至还粗鲁地对待劳拉家那只忠实善良的大狗杰克。现在杰克已经死了。

她迟到了，就站在那里张望着，好像学校配不上她似的。她穿着一件浅黄褐色的裙子，是条波兰连衫裙。上衣底下、领子和宽大的袖口上都有好看的褶边。胸前系着蕾丝花边。一头漂亮顺直的头发拢到那张棱角分明的脸后面，绾成一个高高的法国发髻。她把头抬得高高的，蔑视地看着鼻子下面的一切。

"我想坐在后面的位置，麻烦您了。"她对怀德老师说。然后她给了劳拉一个咄咄逼人的眼神，说道："你起来，我要坐在那个位置。"

劳拉更坚定地坐在那里了，她眯着眼睛朝着后面的内莉看了看。

大家都望着怀德老师，不知道她要怎么处理。怀德老师不安地清了清嗓子。劳拉还是一直看着内莉，直到她把视线转向另一边。然后内莉看着明妮，朝着她的位置点了点头，说道："那个位置也可以。"

"你可以换吗，明妮？"怀德老师问道。不过她之前已经答应过明妮她可以坐在那里的。

"可以的，老师。"明妮悠悠地回答。接着，又慢慢地拿起自己的课本，到那片空位置去坐了。不过玛丽坐在位置上没动，内莉只好站在走道里等着，没办法坐到明妮的位置上去。

"好了，玛丽。"怀德老师说道，"你挪一挪，让新来的同学坐进去，大家就都坐好了。"

玛丽站了起来。"我跟明妮一起坐到那边去。"她简短地说，"宁可那样。"

内莉微笑着坐了下来。现在她拥有了全教室里最好的座位，而且自己占据了一整张双人桌。

怀德老师填写记录簿的时候，内莉告诉她，他的爸爸住在镇子北面的一片宅地上。劳拉听了不禁暗暗窃喜，现在内莉自己也是个乡下女孩了。然后劳拉又突然意识到，今年冬天她们一家要搬到镇上去，那样她和卡莉就是城镇女孩了。

　　怀德老师用尺子敲了敲讲台，说道："大家安静下，开始上课了！"
然后面带微笑，简短地说了几句话。

　　她说："相信大家现在都已经准备好学习这个学期的课程了，我们
大家都要尽力，争取获得最大的成功，大家说好不好？大家来到这里，
就是要尽可能地学习更多的知识，而我就是来帮助大家的。你们最好不
要把我看成一个只会给你们布置作业的老师，我希望你们把我看做你们
的朋友。我相信，我们大家都会成为很好的朋友。"

　　小男孩们开始有点坐立不安了，劳拉也有点。她再也不想看到一
直微笑的怀德老师了。

劳拉只希望怀德老师不要再讲话。不过她还是面带笑容地继续说道："我们大家都不会不友好待人，也不会有人自私自利的对吧？我相信你们都是守规矩的好孩子，所以大家都开开心心地在这里读书，我也不需要去想着怎么惩罚你们了。我们大家都是好朋友，要互帮互助。"

最后，她说道："大家把课本拿出来。"那天早晨，她们没有早读，因为怀德老师在给学生分班。劳拉和艾达、玛丽、明妮，还有内莉是班里最大的几个，她们一起组成了最高年级班，在那些大男孩来上学之前，她们几个就是班级里所有的成员。

课间休息的时候，大家都围在一起互相介绍自己。艾达跟想象中一样亲切友好。"我只不过是个养女。"她说。"布朗妈妈收留了我，她一定是喜欢我才收留我的，你们觉得呢？"

"她当然很喜欢你，你这么漂亮可爱，她怎么会不喜欢呢？"劳拉说。她可以想象艾达曾经是个多么漂亮的小婴儿啊，有黑色的卷发，大大的会笑的棕色眼睛。

不过内莉只想让大家把注意力都集中在她身上。

"真不知道我们会不会喜欢上这里。"内莉说，"我们是从东部搬过来的，有点不适应这荒郊野岭还有这些粗俗的人。"

"你是从西部明尼苏达州过来的，跟我们一样。"劳拉说。

"哎呀，那里？"内莉头摇得像拨浪鼓似的，"在那里没多长时间。我们是从东部的纽约州来的。"

"大家都是从东部来的啊。"玛丽简短地告诉她，"走，咱们到外面晒晒太阳去。"

"天哪，我才不要去！"内莉说道，"再加上风一吹，皮肤很容易就晒黑了！"

大家皮肤都晒黑了，不过内莉却没有。她继续轻快地说："我这段时间是没办法，必须要待在这荒郊野岭，不过我可不想毁了我的肤色。在我们东部，女孩子都要保持皮肤白嫩，双手光滑。"内莉的手的确又白皙又纤长。

不管怎样，已经没时间到外面去了。课间休息结束了。怀德老师走进了教室，摇响了上课铃。

那天晚上，回到家里，卡莉一直喋喋不休地说着白天在学校里发生的事，后来爸爸说她就跟个小麻雀似的。"让劳拉也说句话吧！你今天怎么这么沉默啊，劳拉？发生什么事了？"

然后，劳拉就说起了内莉，还有她说的那些话、做的那些事。最后，她说道："怀德老师不应该让她去坐玛丽和明妮的座位。"

"劳拉，不管怎么说，批评老师是不对的。"妈妈温柔地提醒她。

劳拉觉得自己的脸颊有点发烫。她知道去上学是个多么好的机会。怀德老师能帮助她学习，她应该感到感激，而不应该去批评，那样太不礼貌了。她所需要做的，只是好好学习，好好表现。可是，她总是禁不住想："说到底，她不应该那样做的！一点都不公平！"

"这么说，奥雷森家是从纽约州来的，是吗？"爸爸开玩笑地说道，"这也没什么好夸耀的。"

劳拉记起爸爸小的时候曾经在纽约州生活过。

他继续说道："我也不知道发生了什么事，奥雷森在明尼苏达州的一切财产都没有了，现在就只剩下那块宅地了。听别人说，还是他家东部的亲戚帮助他渡过了难关，不然的话，真不知道他们怎么能撑到下一茬庄稼收割的时候。内莉或许是觉得必须好好吹嘘下自己，才能站得住脚。要是我的话，才不会把这事放在心上呢，劳拉。"

"可是她的衣服那么漂亮。"劳拉反驳道,"而且她一点活儿都不会做,脸和手都那么白。"

"你也可以戴着太阳帽的,这你知道啊。"妈妈说,"至于那漂亮裙子呢,也许是从别人不要的衣服里淘来的呢。就像那首歌里唱的,'脖子上双层褶边,脚上却没有鞋穿。'"

劳拉觉得自己应该为内莉感到难过,不过她没有。她真希望内莉还是在梅溪边上,没有过来上学。

爸爸从饭桌旁起身,把椅子搬到了敞开的门边,然后说道:"把我的小提琴拿过来,劳拉。我想试着唱一首歌,有天听别人用口哨吹出来的。要是用小提琴拉出来,肯定更好听。"

劳拉和卡莉静静地洗着盘子,不想错过每一个旋律。爸爸唱了起来,声音低沉而充满渴望,与小提琴甜美清晰的声音和谐地融合在一起。

> 那么,来见我吧——来见我吧,
> 当你听见,
> 第一只夜莺在歌唱——喂——呼——喂哦——

"喂——呼——喂哦——"小提琴呼唤着,声音悠长而颤动,就像真的是夜莺在唱歌。"喂——呼——喂哦——"琴弦回应着。先是很近,有些恳求般地"喂——呼——喂哦——",接着声音又远了,变得非常柔和,"喂——呼——喂哦——"直到整片夜色都被鸟儿爱的声音填满。

劳拉心里那些难解的结此刻解开了,她的心情变得非常平静。她想:"我要好好的,无论内莉有多讨厌,我都要好好的。"

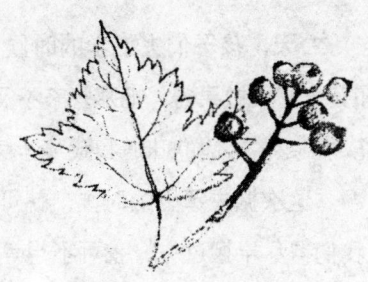

温暖的冬天

整个舒适宜人的秋天，劳拉和卡莉都在忙忙碌碌中度过。早上，她们要帮忙做家务、准备早餐。接着，要用饭盒装好午餐，穿戴整齐，匆忙朝着几英里外的镇上赶去。放学后，她们又得赶紧赶回家里。因为在天黑之前，还有很多事情要做呢。

礼拜六整整一天，大家都忙得不可开交，因为要准备搬到镇上去了。

爸爸挖土豆，劳拉和卡莉在后面捡。她们把萝卜的叶子削掉，帮爸爸装在马车里。还拔了胡萝卜、甜菜和洋葱，摘了番茄和黄菇娘果。

黄菇娘果结在一种低矮多叶灌木上。灌木大大的叶子下面挂满了六角形的小灯笼，每个薄如蝉翼的灰白色小灯笼里面，都包着一个圆圆的金色多汁的小果子。

而紫菇娘果外面包着一层光滑的棕褐色的薄壳，打开之后，里面是一个紫色的果子，像个小番茄。这个果子比黄菇娘果要大，但是又比番茄要小，而且躲在壳子里，不像番茄那样招摇地展示着自己鲜艳的颜色。

白天，孩子们去上学的时候，妈妈就在家里用红番茄、紫菇娘果和黄菇娘果做果酱，把那些来不及长熟的绿番茄腌成咸菜。整个屋子都充满了果酱香甜的味道和咸菜辛辣的味道。

"这次搬去镇上的时候，就可以带着这些储备啦。"爸爸满意地说，"我们得尽早搬过去，我可不想等十月份暴风雪又来了，咱们还待在这小屋子里呢，这墙太薄啦。"

"今年冬天肯定没有去年难过吧。"劳拉说，"感觉天气和去年不太一样。"

"确实。"爸爸表示同意，"不过即使今年冬天不大可能像去年那样，我们还是要做好准备，万一真的像去年那样，也好对付。"

爸爸把燕麦秸秆、玉米外壳都拉到镇上堆到干草堆旁边，还把土豆、萝卜、甜菜和胡萝卜都拉了过去，储存在仓库的地窖里。礼拜一晚上，劳拉和卡莉帮妈妈把衣服、碟子和书都包裹好，一直忙到大半夜。

就在那时候，劳拉发现了一个秘密。当时，她跪在地上把衣柜底下抽屉里妈妈冬天的贴身衣物拿出来，在几件红色法兰绒衣服里，发现了一个硬邦邦的东西。她把手伸进去取了出来，发现是一本书。

这本书是全新的，有绿色的布质书皮，上面印着烫金图案。书的内页光滑、平整，书边是镀金的，看起来就像是真金一样。封面上印着两行弧形的漂亮文字："丁尼生 诗集"。

劳拉怎么会想到法兰绒衣服里面藏着这样一本又华丽又漂亮的书呢，她惊讶得差点把书掉到地上。书本就这样在手里展开了，全新的没有翻过的书页，每一页都印着从没有人读过的一行行清晰优美的文字，真是让人兴奋。书页四周还有一圈笔直的红色细线，保护着里面珍宝一样的四方文字，红色边框外面就是空白页边。

打开的那一页左下方印着几个稍大的字体："食莲者"。

标题下面的第一行字是："鼓起勇气！"劳拉呼吸急促地读着：

      "鼓起勇气！"他指着前方陆地，

      "巨浪会把我们推上岸。"

      下午，他们抵达岸边，

      时光仿佛就此定格。

      海岸空气滞闷，

人们昏昏欲睡，

好似从疲倦的梦里醒来，

呼吸都不畅快。

一轮满月从山谷升起，

就像——

　　读到这里，劳拉停了下来，心里感到一阵惊慌。她突然意识到自己正在做什么。这本书一定是妈妈藏起来的，她没有权利去读。她迅速闭上眼睛，合上书本。真的很难忍住不再读下去，一直读到这首诗的最后一行。不过，她知道自己不能屈服于哪怕一点点的诱惑。

　　她重新把书放到法兰绒衣服里，把衣服放进抽屉，关上，又打开上面的一个抽屉。她不知道下面该怎么办了。

　　她应该去向妈妈坦白。不过她突然意识到，妈妈藏着这本书，一定是想给谁一个惊喜。她在心里迅速地想着，心脏怦怦地跳。这本书一定是爸爸妈妈在爱荷华州温顿买回来，留着当做圣诞节礼物的。这么昂贵精美的一本诗集，只会是用来做圣诞礼物的。而劳拉现在是家里最大的孩子，这本书一定是给她的礼物。

　　要是她向妈妈坦白了，爸爸妈妈期待给予她的节日惊喜就落空了，他们肯定会很失望的。

　　自从发现那本书以后，仿佛已经过了很久，可是其实才几分钟而已。妈妈匆匆忙忙地进来说道："这边我来整理，劳拉，你去睡觉吧，该睡觉了。"

　　"好的，妈妈。"劳拉说。她知道妈妈一定是怕她打开下面的抽屉，发现那本书，她以前从来没有对妈妈隐瞒过什么，不过这次她什么也没有说。

第二天放学后，她和卡莉没有走很远的路回到宅地上去，而是来到了主街和第二大街交叉口爸爸的仓库那里。爸爸妈妈已经把过冬的东西都搬来了。

厨房里，壁炉和碗柜都已经摆好了。楼上倾斜的木瓦屋顶下面也已经摆好了床架，床架上垫上了稻草垫子，堆着一堆被子和枕头。妈妈把铺床的任务交给了劳拉和卡莉。劳拉知道，那本书肯定就藏在妈妈衣柜下面的抽屉里。不过，她再也不会打开来看了。

可是，每当她看见衣柜，总是禁不住想起："一轮满月从山谷升起，就像——"

就像什么？她不得不等到圣诞节才能知道下面是什么。"'鼓起勇气！'他指着前方陆地，'巨浪会把我们推上岸。'下午，他们抵达岸边，时光仿佛就此定格。"可是对于劳拉来说，圣诞节来得太慢了。

妈妈已经把楼下的库房收拾整齐了。取暖炉擦得亮亮的，窗户上的窗帘洗得干干净净，擦过的地板上铺着小片的碎呢地毯。两把摇椅摆在洒满阳光的角落。只是玛丽不在家了。

劳拉非常想念姐姐玛丽，常常想得心口直疼。不过说出来也不会改变什么。玛丽在学校读书，那是她一直都想去的地方。老师给爸爸写过信，说玛丽在学校表现很好，进步很大，很快她就能自己写信了。

所以即使现在大家心里都觉得空落落的，也没有人会说出来。

大家高高兴兴地走到饭桌前坐下来，谁也没有说话。后来，妈妈说了句："好啦，我们现在都准备好过个温暖的冬天啦！"她没意识到自己说话的时候叹了口气。

"是啊，"爸爸说，"今年我们还是很宽裕的。"

他们不是唯一准备好过冬的。镇上的人们都在准备。储木场已经堆满了煤，商人们也都把商店里的货物备齐了。磨上磨着面粉，箱子里装着小麦。

"这下就算火车停运，整个冬天也不缺煤烧，不缺东西吃了。"爸爸得意地说。这种安全和充裕的感觉真好，食物和煤都很充足，他们都不用担心饥饿和寒冷了。

劳拉有点怀念以前上学来回要走的路，虽然很远，但是总是有很多乐趣。现在，早上不用再匆匆忙忙，因为已经不用做农活，爸爸有时间做家务了。路程变短了，对卡莉来说倒也更好了。

爸爸妈妈和劳拉以前都很担心卡莉。她的身体一直很虚弱，还没从去年那个苦寒的冬天里恢复过来。家里的家务活都很少让她干，吃东西也都给她最好的。可是她依然脸色苍白，瘦瘦小小，看起来比同龄人都要弱小。一双大大的眼睛在她瘦削的脸上显得有些突兀。以前每天早上虽然只有一英里路要走，劳拉还帮她拿着课本，她还是没走到学校就累得精疲力竭了。有时候，她头疼得厉害，就没办法背出课文。现在住在镇上，对卡莉来说比以前要好很多了。

在学校的日子

劳拉很喜欢在学校的日子。她现在已经认识了学校里所有的学生，而她和艾达、玛丽、明妮很快就成了形影不离的好朋友。课间和午间休息的时候，她们总是在一起。

外面阳光明媚，空气十分清新。男孩子们正跑来跑去地玩球，有时候他们只是把球用力砸到学校的墙上，冲冲撞撞地在大草原上奔跑着，去抢球。他们经常喊劳拉："来啊，跟我们一起玩啊，劳拉，来啊！"

劳拉现在这个年龄，如果再像男孩子那样跑来跑去，似乎有点不太合适了。不过劳拉很喜欢跑跑跳跳地抓球、扔球，有时候她也真的会跟他们一起玩。这些男孩年纪都很小，她很喜欢他们，有时候游戏变得有些粗暴了，她也不会抱怨。有一天，她偶然听到查理说："她虽然是个女孩子，但是一点也不娇气。"

她听了很高兴。现在连小男孩们都很喜欢她这个大女孩，想必大家都很喜欢她了吧。

其他女孩都知道，劳拉并不是个假小子，虽然她会跑啊跳啊热得满脸通红，把头发也跑散了。艾达有时候也会一起玩，玛丽和明妮会在旁边鼓掌。只有内莉总是嗤之以鼻。

内莉是连散步都不愿意去的，即使大家礼貌地询问她，她也不去。她总说："不行，外面风吹日晒的。"

"她怕把她纽约州的肤色给毁了。"艾达笑道。

"我觉得她是想待在教室里跟怀德老师交朋友吧。"玛丽说，"总是见她跟老师讲话。"

"哎呀，管她呢，不带她我们反而玩得更开心呢。"明妮说。

"怀德老师以前也住纽约州。她们可能在聊这个呢。"劳拉评论道。

玛丽对她笑了几声，瞥了她一眼，然后挽起了她的胳膊。虽然没有人喊内莉是"老师的跟屁虫"，不过大家心里都是这么想的。劳拉也根本不在乎。她每门课成绩都在班里名列前茅，她可不需要去当老师的"跟屁虫"。

每天晚上吃过晚饭，劳拉都在学习，一直学到睡觉前。她也是在那个时候最想念姐姐玛丽。以前她们两个总是一起复习功课。不过她知道，现在在遥远的爱荷华州，玛丽也在努力学习呢。劳拉心想，自己必须要拿到教师资格证，才能让玛丽继续读书，享受那么好的学习机会。

这一切的一切在劳拉脑海中一闪即过，而这时候，她还跟玛丽和艾达挽着胳膊往前走呢。

"你知道我在想什么吗？"明妮问。

"不知道啊，想什么呢？"大家都问她。

"我敢打赌，内莉肯定在为那个动脑筋。"明妮往前面点头示意了下，大家看到前面正驶过来一辆马车，拉着马车的是那两匹棕色摩根马。

两匹马细长的腿迅速地踏着步子，蹄子掀起一小片尘土。马背光滑，非常有光泽，黑色的鬃毛和尾巴迎风飘动，闪闪发亮。它们的耳朵朝前面竖着，明亮的眼睛愉快地扫视着一切。小小的红缨在缰绳上摆动着。

马儿抬着头，拱起的脖子在阳光下闪闪发亮，阳光一直沿着马儿光滑的侧身照到他们圆滚滚的臀上。马儿后面拉着一辆闪闪发亮的新轻型马车。挡泥板锃亮，一尘不染的黑色车顶以完美的弧度罩在座位上，座位底下是黑色的转轴和红色的轮子。劳拉以前从来没见到过这么漂亮的轻型马车。

"你怎么不打招呼啊，劳拉？"马车飞驰而过，艾达问劳拉。

"你没看见马车上的人脱帽朝咱们致意吗？"玛丽也问道。可是劳拉一直只盯着那两匹漂亮的马，根本没注意其他的事。

"哎呀，不好意思，我不是故意不礼貌的。"她说，"这两匹马漂亮得像首诗，不是吗？"

"明妮，你的意思是，内莉喜欢那个人？这倒也是，他现在成年了，而且还有自己的宅地。"

"我见过她注视着那两匹马的神情。"明妮说，"我敢说她肯定在心里算盘着要去后面的马车上坐坐，你知道她心里盘算什么的时候是什么表情。而且现在他又弄了这么一辆轻便马车——"

"可是七月四号的时候，他还没有轻便马车呢。"劳拉说。

"他刚刚从东部回来。"明妮告诉大家，"他把小麦卖了，订购了这辆车。他今年的小麦收成很不错。"明妮总是知道这样的消息，都是听她哥哥亚瑟说的。

玛丽缓缓地说："你说得对，很像内莉的风格，我一点也不觉得奇怪。"

劳拉感到有一点愧疚。虽然她不会为了坐上阿曼佐的马车就去巴结怀德老师，可是她心里也常常想着，要是怀德老师喜欢自己，说不定哪一天她也能到那马车里面坐一坐呢。

怀德老师在这条路附近有一片宅地，就在学校后面四百米左右的地方。她住在宅地上的小棚屋里。早上阿曼佐经常载着她到学校来，或者在旁边等着接她回家。劳拉看到那两匹马的时候，总是心想着，哪天怀德老师会带自己坐一程呢？自己总不至于像内莉那样不招人喜欢吧？

现在，她看见了这辆新的轻便马车，就更想去坐一程了。两匹马那么漂亮，马车跑得那么快，她怎么能不去想呢？

"上课铃快要响了。"艾达说。于是大家立刻转身朝教室走去。她们可不能迟到啊。走到门口的时候，她们拿起漂在水桶里的长柄勺喝了几口水，走进了教室。她们的皮肤晒得黑黑的，头发被风吹得很乱，而且满身尘土和汗水。内莉整个人却是干干净净，非常淑女。她的皮肤白皙，头发没有一丝凌乱。

她扬着头看着她们，高傲地笑着。劳拉直直地瞪了她一眼，内莉则抖了抖肩膀和下巴。

"你别以为你很了不起，劳拉·英格斯。"内莉说，"怀德老师说了，虽然你爸爸是校董事会的，但是在学校的事情上根本没什么发言权。"

"你说什么？"劳拉喘着粗气。

"我想他跟董事会其他人一样有发言权，或许还比别人更多呢！"艾达坚定地说，"是吧，劳拉？"

"肯定有发言权啊！"劳拉大叫道。

"是啊！"玛丽也说，"他比其他人还更有发言权，因为劳拉和卡莉都在这学校里，而董事会其他人都没有孩子在这儿上学的。"

劳拉怒气冲天，因为内莉竟敢说爸爸的坏话。这时候，怀德老师在台阶上摇响了上课铃，劳拉感到脑子里嗡嗡直响。她说："真可惜，你家人都只是乡巴佬。要是你住在镇上，或许你爸爸也会成为学校董事会的，能对学校的事有发言权。"

内莉气得抬起了手，想给劳拉一巴掌。那一瞬间，劳拉在心里想着自己可不能也扇内莉一巴掌，不能打她，她最好也不要打下来。后来，内莉放下了手，坐到了自己的座位上。这时，怀德老师进来了。

学生们也都吵吵闹闹地走进了教室。劳拉坐到了自己的位置上。她心里还非常生气，根本看不见周围都发生了什么。她紧紧地攥着拳头。艾达从桌子底下轻轻握了一下她的手，仿佛在说："好样的！就应该给她点颜色看看！"

遣送回家

　　怀德老师让大家都很困惑。从开学第一天起，那些男孩子们就想试试到底要多调皮她才会让他们规矩点，可是让人难以理解的是，她从来没说过什么。

　　他们先是在板凳上动来动去，然后开始把书翻得哗啦哗啦响，或者用写字的石片砸桌子。怀德老师一开始并没有注意，直到后来那声响开始影响她讲课了。而她却没有严厉地批评那个发出噪音的男孩，而是朝着大家微笑，礼貌地要求大家安静点。

　　"我知道你没有意识到自己会影响其他同学。"她说。

　　他们都搞不懂怀德老师到底是什么意思。当她转身在黑板上写字时，那噪音就更大了，男孩们甚至都开始小声说话了。

　　可是每天，怀德老师只是不断地微笑着对全班同学说，请大家安静点。这样对那些安安静静的同学来说，似乎有些不公平。很快，所有的男孩都开始小声说话，互相推打着玩，有时候还故意用板凳在地板上擦出刺耳的声音。一些年龄小的女孩子则开始互相拿石板传话玩。

　　怀德老师还是没有惩罚任何人。有一天下午，她敲了敲桌子，叫大家都注意，然后对他们说："老师知道你们都是好学生。我也不愿意惩罚你们。我希望你们是因为我爱你们才听从我的管理，而不是因为害怕。我喜欢你们每一个人，我也相信你们都会喜欢我。"听了这些话，就连那些年龄稍大的女孩也都有点不好意思了。

"同巢之鸟心儿齐。"她微笑着说。劳拉和艾达因为不好意思，有点局促不安。不过，这句话也说明她根本不了解鸟儿。

怀德老师始终面带笑容，即便当她的眼睛里散发出焦虑的神色时也是这样。只有她对内莉的笑容看起来才真实。她似乎觉得自己可以依赖内莉·奥雷森。

"她真是个——差不多是个伪君子。"一天休息的时候，明妮低声说道。那会儿她们正站在窗户前，看着男孩子们玩球。窗户边很冷，但是其他女孩子都宁愿待在那里，也不愿意到壁炉旁边去。因为怀德老师和内莉在壁炉边聊天。

"我觉得她也不完全是个伪君子，真的。"玛丽说，"你觉得呢，劳拉？"

"嗯，"劳拉说，"不能那么说。我觉得她只是没有好的判断力。不过她真的熟知教科书里的知识，是个很好的学者。"

"这个确实。"玛丽也表示赞同，"可是一个人知道很多教科书里的知识，就不能有更多常识了吗？我真不知道等那些年龄大的男生过来上课的时候，她该怎么办，现在连这些年龄小的都管不住。"

明妮激动得两眼发光。艾达笑了起来。艾达这个人，无论发生什么，都不会影响到她的快乐和笑容。不过玛丽神色凝重。劳拉则有些担心。"唉，我们在学校里最好不要有什么麻烦！"她必须能够在学校学习，才能顺利拿到教师资格证。

既然现在劳拉和卡莉在镇上住，所以中午就可以回家吃一顿热乎饭了。至少热乎饭对卡莉来说更好点，虽然卡莉的身体其实也没见什么好转。她的脸色依然苍白、消瘦，经常感到疲倦。有时候头痛得厉害，根本没法在课堂上学习写字。不过劳拉会在课下教她，这样等第二天早上，卡莉也能写出昨天学过的那些字，即使被叫起来默写，她也不会写错。

艾达和内莉还是会带午饭去学校，怀德老师也会带。她们会舒舒服服地围在温暖的壁炉旁边一起吃饭。等其他女生都吃过饭回学校了，艾达也会过去跟她们一起玩，不过内莉整个中午就一直在壁炉边跟怀德老师聊天。

有几次，内莉带着羞涩的笑容跟其他女孩说："过几天，我也许就能坐上摩根马拉的新马车了。你们等着瞧吧！"大家都不表示怀疑。

后来有一天中午，劳拉把卡莉带到温暖的壁炉边，把外套脱了下来。怀德老师和内莉也在那里，正亲切地聊着天。劳拉听到怀德老师气愤地说："——校董事会！"然后两个人都看到劳拉过来了。

"我得去摇上课铃了。"怀德老师赶紧说道，然后头也不抬地从劳拉身边走了过去。劳拉想，或许怀德老师对校董事会有些不满意，然后看到了劳拉，记起劳拉爸爸在校董事会，才赶紧打住了这个话题。

那天下午，卡莉在课上又有三个字没有写对。劳拉感到有些心疼。卡莉脸色如此苍白，看起来非常可怜，她也那么努力地想去学习，可是可以看出来她的头又疼得厉害了。让劳拉稍微感到一丝欣慰的是，梅米·比尔兹利也会犯一些错误。

怀德老师合上了拼字课本，表情沉重地说她很失望，感到很伤心。"回到你的座位上去，梅米，把这一课再复习一遍！"她说。"卡莉，你到黑板前面来，把正确的'瀑'、'隔'和'怒'每个字写五十遍！"

说这些的时候，她的声音里竟有些得意。

劳拉试图控制住自己的脾气，可是根本控制不了。她太气愤了，老师竟然让可怜的小卡莉尴尬地站在黑板前，还当着全班同学的面对她说那些，这不就是一种惩罚吗！这不公平！梅米也没有写对。可是怀德老师让梅米回到座位上去了，却惩罚了卡莉！她肯定知道，卡莉已经尽了自己最大努力了，她身体那么虚弱。她真残忍，又残忍又无情，而且非常不公平！

劳拉只能无助地坐在那里。卡莉非常难过，不过还是勇敢地来到了黑板前面。她浑身发抖，努力眨着眼睛好不让眼泪流出来，她不能哭。劳拉坐在下面看着她瘦小的手握着粉笔在黑板上一行一行地写着，脸色越来越苍白，可是还是坚持写着。突然，她脸色发灰，双手按在黑板槽上面才支撑住自己。

劳拉迅速举手，从座位上跳起来，还没等怀德老师允许，就赶紧说："老师，求你了，卡莉都要晕倒了！"

怀德老师迅速转身看着卡莉。

"卡莉，你可以回去坐下了。"她说。卡莉脸上满是虚汗，脸色已经不像刚才那样死一般灰了。劳拉知道最难过的时候已经过去了。"就坐在前面的位子上吧。"怀德老师说。卡莉勉强走到那里坐下来。

然后怀德老师转向劳拉。"既然你不想让卡莉去写那些她写错的字，那劳拉，你到黑板前面来帮她写。"

整个教室里变得死一般安静，大家都看着劳拉。她这么大的女孩，站在黑板前面，当着全班同学的面罚写字，真是太丢人了。怀德老师也看着劳拉，劳拉也直直地看着她。

劳拉来到了黑板前面，拿起了粉笔，开始写。她觉得自己的脸开始发烫，可是过了一会儿，她知道没有人会嘲笑她。她快速地一行一行写着，非常整齐。

有好几次，劳拉听到背后传来低低的"哎！哎！"声。现在整个教室又恢复了往日的嘈杂。劳拉后来听到一个人小声喊她："哎！劳拉！"

她回过头。原来那是查理在喊她。他小声对她说："哎，别写了！告诉她你不写了。我们都会站在你这边的。"

劳拉感到全身一阵温暖。不过她可千万不能在学校惹事。她微笑着，皱着眉头朝查理摇了摇头。查理很失望，靠在了椅背上，不再说话。不过劳拉突然看到怀德老师正严厉地朝这边看着。她看到了整个过程。

劳拉转头继续写。怀德老师没有对她还有查理说什么。劳拉心里愤愤地想："她没有权利这样对我，她不能对我帮她管理班级秩序的事情都视而不见。"

那天晚上放学后，查理和他的好朋友克拉伦斯和阿尔弗雷德紧跟在劳拉、玛丽和明妮后面走。

"明天我一定要去收拾收拾那个老刻薄！"克拉伦斯吹嘘着，声音很大，所以劳拉也听见了。"我要在她椅子上放个图钉！"

"我要先把她的戒尺折断！"查理向他保证，"这样她发现了你也没法用尺子打你了！"

劳拉转身往回走了几步。"你们不要那么做啊，求你们了。"她对他们说。

"啊？为什么啊？肯定很好玩，她也不会对我们怎么样的！"查理争辩道。

"哪里好玩了？"劳拉说，"即便你们讨厌她，好男也不跟女斗，你们还是不要去做那种事。"

"好吧。"克拉伦斯不情愿地让步了，"好吧好吧，那我不干了。"

"我们也不干了。"阿尔弗雷德和查理也说。劳拉知道他们不会食言的，虽然他们并不情愿。

那天夜晚，劳拉在台灯前面复习功课的时候，抬起头说道："怀德老师不喜欢卡莉，也不喜欢我，真不知道为什么。"

妈妈停下了手里的针织活儿。"别胡思乱想啦，劳拉。"她说。

爸爸看着手里的报纸，说道："你们要是没做错什么，她怎么会不喜欢你们呢，别瞎想。"

"我真的没做错什么，爸爸。"劳拉诚恳地说道，"八成是内莉·奥雷森给她说了什么。"她接着说，然后又埋头看起了书，心里想着："怀德老师听了太多内莉的话了。"

第二天早上，劳拉和卡莉早早来到了学校。怀德老师还是在壁炉边跟内莉聊天。就她们两个。劳拉对她们说了声"早！"就来到了壁炉边，不过她的裙子不小心挂到了煤箱裂开的边上。

"天啊！"劳拉站起来拉开裙子。

"你的裙子没烂吧，劳拉？"怀德老师尖酸地说道，"你干脆给我们换个新煤箱吧。你爸爸不是在校董事会吗，想要什么就能有什么是吧？"

劳拉惊讶地望着她。"什么？我可做不到！"她大喊，"不过你要是真想要个新煤箱，应该也不难吧。"

"哎呀，真是谢谢你了。"怀德老师说。

劳拉不能理解怀德老师为什么那样对她说话。内莉假装在那里看书，不过她的嘴角扬起了一丝狡猾的笑容。劳拉不知道能说些什么，所以她什么也没说。

整整一个早晨，教室里一直都乱哄哄的。不过那些男生没有食言。他们没有比平常更调皮。他们什么也不会，因为根本不学习。怀德老师也拿他们没办法，劳拉都有点可怜她了。

那天下午，教室里稍微安静了下来。劳拉正专心复习地理。她眼睛朝上看着，背诵着巴西的出口物品。然后看到了卡莉和梅米正埋头学习呢。她们两个的脑袋都埋在拼字课本里，专心致志地盯着课本，嘴唇一动一动的，互相小声拼写着单词。她们没有意识到身体正在前后摇晃，板凳也跟着有些摇晃。

一定是固定椅子的螺丝松了，劳拉想。不过好在也没有发出什么声响。劳拉继续看起了书，回想着有哪几个海港都市。

突然她听到怀德老师尖厉的声音："卡莉！梅米！你们干脆不要看书了，就摇板凳好了！"

劳拉抬起了头。卡莉瞪大眼睛，张着嘴巴，充满了惊讶。她瘦削的小脸被吓得更白了，又因为羞愧有点发红。她和梅米把书放到一边，真的顺从地摇起板凳，一句话也没说。

"我们必须保持一个安静的学习环境。"怀德老师依然微笑着给大家解释，"从此以后，谁要是违反了秩序，我就让她一直保持那个姿势，直到他彻底厌倦了为止。"

梅米并没有很在意这些，不过卡莉感到非常丢脸，都快哭出来了。

"继续摇吧，孩子们，什么时候我叫你们停你们再停。"怀德老师说道，她的语气里又带着那种奇怪的得意。她转身继续给男生们演算数学题，虽然根本就没有人听课。

劳拉试图继续复习巴西的地理，可是她无法集中注意力。过了一会儿，梅米摇了摇头，勇敢地跨到走道另一边的座位上去了。

卡莉还在继续摇，不过这个双人板凳她一个小女孩从一边摇有点太重了。所以她慢慢停了下来。

"继续摇，卡莉！"怀德老师依然微笑着说。她倒是没对梅米说什么。

劳拉气得满脸通红，她甚至都不想控制自己的情绪。她讨厌怀德老师，讨厌她这么不公平、这么刻薄。现在梅米坐在另一个位置上，拒绝了属于她的那一份惩罚，怀德老师却什么也没说。卡莉一个人怎么可能摇得动那个双人板凳！劳拉差点控制不住自己，她紧紧地咬着嘴唇，坐着一动不动。

她想，等一下怀德老师肯定会叫卡莉停下来的，因为卡莉已经面无血色了。她正在尽力摇着板凳，可是板凳实在太沉了！她摇得越来越慢，最后用尽力气也摇不动了。

"快点，卡莉！快点！"怀德老师说，"你不是想摇板凳吗？继续摇啊！"

劳拉站了起来。她的心里满是愤怒，她没有去克制，任由这种愤怒完全爆发出来了。"怀德老师，"她大声说，"您要是想让那板凳摇得更快点，我可以帮你摇！"

怀德老师愉快地抓住了她的话柄。"好啊，你去摇吧！不要带课本，去摇吧！"

劳拉迅速沿着走道跑了过去。她小声告诉卡莉："坐着休息会儿吧。"然后她用双脚支撑着地板，晃起板凳来。

爸爸总是说她像匹法国小矮马一样有力气，他说得可真没错。

"砰！"板凳后腿砸到了地板上。

"砰！"前腿砸了下来。

所有的螺丝都松动了。

"砰！砰！砰！砰！"板凳发出有节奏的声音，劳拉兴奋地摇着板凳，卡莉则坐在一边休息。

即使用力地摇晃着板凳，劳拉的气愤也没有缓和下来。她越晃越气，越气越晃得越快越厉害。

"砰！砰！砰！砰！"现在根本没有人能安心学习了。

"砰！砰！砰！砰！"怀德老师的声音都快被淹没了。她大声喊三

班的同学朗读课文。

"砰！砰！砰！砰！"没人继续朗读课文，也根本听不到彼此的声音。

"砰！砰！砰！砰！"怀德老师终于忍无可忍，"劳拉！你跟卡莉不要来上学了！现在就给我回家！"

"砰！"劳拉用板凳发出了最后一声声响，接着就是死一般的安静。

大家都听说过被遣送回家的事情，但是没有人真的见过。这是比用鞭打更重的惩罚。只有一种惩罚比这个更严重了，那就是开除学籍。

劳拉抬起了头，可是她几乎什么也看不见。她把卡莉的书收了起来，然后回去拿自己的书。卡莉颤抖着缩着身子站在门口等她。教室里鸦雀无声。出于同情，玛丽和明妮都没有看劳拉。内莉也没有抬头，装作看书的样子，不过她的嘴角泛起了狡猾的笑容。艾达则同情地看了劳拉一眼，表情十分沉重。

卡莉打开门，劳拉走了出去，把教室门关上了。

走到学校大门口，她们穿上了外套。学校门口，一切都看起来那么奇怪、那么空荡，因为外面一个人都没有，也没有人走在回小镇的路上。现在是下午两点，还不是回家的时候。

"唉，劳拉，我们怎么办？"卡莉绝望地问道。

"当然回家去了。"劳拉回答。于是她们往家的方向走了，学校在身后越来越远。

"真不知道爸爸妈妈会说什么。"卡莉颤抖着说。

"到时候就知道了。"劳拉说，"他们肯定不会责怪你的。这不是你的错。是我的错。因为我把板凳摇得太响了。不过我很高兴。"她接着说，"我还想再摇一次呢！"

卡莉不在乎到底是谁的错。因为无论怎样，她们被遣送回来了，家里肯定不会平静的。

"唉，劳拉！"卡莉喊道。她用戴着连指手套的手抓住劳拉的手，她们手拉着手继续往回走，谁都不再说一句话。她们穿过主街，到了家门口。劳拉打开门，她们走了进去。

爸爸正在桌子旁边写着什么，这时停下来转过了头。妈妈也从椅子里站了起来，手里的线团滚到了地板上。小猫欢快地跑过去抓住了。

"发生了什么事？"妈妈大声问，"孩子们，到底怎么了？是卡莉病了吗？"

"我们被遣送回家了。"劳拉说。

妈妈一下子坐了下来，无助地看着爸爸。四周死一般地安静。后来爸爸问道："怎么回事？"他的声音非常严厉。

"都是我的错，爸爸。"卡莉迅速地回答，"我本来没想惹事的，可是没想到就惹上了。都是我和梅米闹起来的。"

"不，是我的错。"劳拉反驳道。然后她把事情的经过叙述了一遍。说完之后，四周又是死一般的安静。

然后爸爸严肃地说："你们俩明天早上就回学校上课去，就当这一切都没有发生。怀德老师也许做错了，但是她是老师。我不能让我的孩子在学校里惹麻烦。"

"不会了，爸爸，我们不会再惹麻烦了。"她们保证道。

"现在把衣服换下来，开始看书吧。"妈妈说，"今天下午就在家里学习吧。明天你们就像爸爸说的那样，这件事很快就会平息了。"

校董事会造访

第二天早晨，劳拉和卡莉一起来到教室的时候，劳拉觉得内莉看起来十分惊讶，而且表情有点失望。内莉一定没有想到她们两个还会回到学校。

"哎呀，你们回来了，太好了！"玛丽说，而艾达则紧紧地握着劳拉的胳膊。

"她再刻薄，你也不能耽误自己上学，对吗，劳拉？"艾达说。

"我不会让任何事情阻止我受教育的机会。"劳拉回答。

"你要是被开除了，就没法受教育了吧。"内莉插了一句。

劳拉看着她。"我没做什么要被开除的事情，以后也不会做的。"

"不管怎么说，你也不会被开除的，不是吗？你爸爸是校董事会的呀！"内莉说。

"你最好不要再说我爸爸在校董事会的事情！"劳拉爆发了。"我不知道这跟你有什么关系！"劳拉还没把话说完，上课铃就响了，她们就回到了各自的座位上。

卡莉遵从爸爸的话，表现得很乖。而劳拉也规规矩矩的。她不再去想《圣经》上说的那种只有外表才干净的杯盘，而事实是她也就像那些杯盘一样，只有外表才平静。她还是很讨厌怀德老师。她的内心有一种强烈的愤恨，愤恨怀德老师对卡莉那么刻薄、那么不公平。她真想去报复怀德老师。她虽然表面上规规矩矩的，内心却一点也不平静。

教室里从来没这么吵闹过。整个教室里到处是哗啦哗啦的翻书声、踢踢踏踏的脚步声还有叽叽喳喳的说话声。只有年龄稍大的几个女孩还有卡莉一动不动地坐在那里学习。无论怀德老师朝哪个方向看，都是一片吵闹和混乱。突然间，传来一声尖叫。

查理从板凳上跳起来，用手捂住屁股。"图钉！"他大叫道，"我的板凳上有个图钉！"

他拿着那个弯曲的图钉给怀德老师看。

怀德老师的双唇紧紧地抿在一起。这次她收起了往日的笑容，严厉地说："你到这边来，查理。"

查理朝其他同学挤了挤眼，慢慢挪到了讲台旁边。

"把手伸出来。"她说着把手伸进桌肚里面摸她的戒尺。她摸了一会儿没摸着，就往桌子里面看了看。戒尺不见了。她问大家："谁看见我的戒尺了？"

没有人举手。怀德老师气得脸通红。她对查理说："去！到墙角那边面壁去！"

查理走到了墙角，手依然搓着屁股，似乎刚才针刺的地方还在疼。克拉伦斯和阿尔弗雷德大笑了起来。怀德老师迅速地转向他们，而查理这时候更迅速地朝她做了一个鬼脸，所有的男生都笑了起来。查理的速度太快了，等怀德老师回过头想看看他们笑什么的时候，查理早已经转过头了。

大概这样三四次，她一转头，查理就迅速地朝着她做鬼脸。整个教室里像是炸开了锅。只有劳拉和卡莉还面无表情地坐在那里。就连那些年龄稍大的女孩子也都拿着手帕憋不住地笑着。

怀德老师敲了敲桌子，示意大家安静。现在没有了戒尺，她只有用手指关节敲。教室里的秩序根本维持不了。她不可能一直看着查理，可是只要她一转头，查理就会对她做鬼脸，大家就会笑起来。

男生们确实没有违反对劳拉的许诺，他们又想出了比之前更调皮的主意。不过劳拉已经不在意了。说实话，她还是挺高兴的。

当克拉伦斯滑下板凳，从走廊爬到她身边的时候，她朝他笑了笑。

课间的时候，她依然待在教室里。男生们肯定在计划着更多的恶作剧，她故意待在听不到他们说话的地方。

课间休息结束后，教室里更乱了。男生那边把纸团扔来扔去。年龄小的女生都在窃窃私语，互相传着纸条。怀德老师在黑板上写字的时候，克拉伦斯手脚并用沿着走道爬，阿尔弗雷德也跟在后面爬，而查理像个小猫似的轻手轻脚地沿着走道跑过去，从他们背上跳了过去。

他们抬头希望得到劳拉的允许，劳拉朝他们笑了笑。

"你在笑什么，劳拉？"怀德老师从黑板前转过头，严厉地问道。

"您说什么？我没笑啊！"劳拉从书本里抬起头，装作非常惊讶的样子。教室里安静极了，男生们都回到了各自的座位上，似乎都在用功学习。

"你最好真没笑！"怀德老师厉声说，然后瞪了劳拉一眼，又转身面朝黑板了。这时，除了劳拉和卡莉，全班几乎所有人都笑了起来。

整整一个早晨，劳拉一直都安静地看着书，只是时不时偷偷瞥一眼卡莉，有一次卡莉也刚好在回头看她。劳拉把食指放在唇边，告诉她不要说话，卡莉就埋头继续看书了。

怀德老师无论面朝哪个方向，她的身后总会乱哄哄的，连她自己也不知道是怎么回事。中午的时候，她提前半个小时就下课了，所以劳拉和卡莉又要给爸妈解释回家这么早的原因。

她们讲了学校里的混乱情况，爸爸表情非常严肃。不过他只是说："你们两个要规规矩矩的，不要捣乱，记得我说的话。"

她们确实按照爸爸说的那样。可是第二天教室里更加混乱了。学校里几乎所有的人都在捉弄怀德老师。劳拉只是朝着那些男孩子笑了两下而已，没想到就闹成了这个样子，她感到非常惊讶。不过她还是不想试着去制止他们。她永远也不会忘记怀德老师对卡莉的不公平，也不打算去原谅她。

既然大家都在嘲笑、捉弄怀德老师，或者至少朝着她咯咯直笑，内莉也加入了她们的行列。她现在依然是老师的跟屁虫，不过她开始对其他女孩复述怀德老师说过的那些话，然后一起大笑。有一天，她告诉大家怀德老师的名字叫伊莉莎·简。

"你们要替我保密。"内莉说，"她很久以前就告诉我了，不过她不想让其他任何人知道。"

"我不明白为什么。"艾达好奇地问，"伊莉莎·简是个不错的名字啊。"

"我知道为什么。"内莉说，"她小的时候，住在纽约州，有一个脏兮兮的女孩来上学了，怀德老师不得不跟她坐在一起，然后——"内莉把其他人拉近一些然后小声说道，"那个女孩头发里有虱子，怀德老师也染上了。"

大家都往后退了几步。玛丽大叫道："你不该讲这么恐怖的事情的，内莉！"

"我本来没想讲的，是艾达问我的。"内莉说。

"什么啊，内莉，我可没让你讲这些啊！"艾达反驳道。

"是你叫我讲的！还有哦，"内莉咯咯地笑了起来，"我还没讲完呢。她的妈妈给老师写了一封信，所以老师就把那个脏女孩遣送回家了。这样一来，大家都知道这件事了。怀德老师的妈妈花了一整个早上拿密齿的梳子给她梳头发。怀德老师一直在那儿大哭大叫，不敢回学校去，她走得慢吞吞的，结果迟到了。课间休息的时候，所有的同学都绕成一个圈围着她，一直喊'懒汉莉莎虱子爬！'从那天起，她就无法再忍受她的名字。只要她还在学校，就会有人对着她喊'懒汉莉莎虱子爬！'她简直要疯了。"

内莉讲得非常滑稽，大家都忍不住大笑了起来，虽然觉得有些不太应该。最后，大家都一致觉得有什么事情都不能告诉内莉，因为内莉是个两面派。

现在，学校实在太乱了，乱得都不像个学习的地方了。怀德老师摇响上课铃后，这些学生就成群结队地进来捉弄她。她根本没办法看住每一个人，也没办法抓住任何人。他们要么把石板和书本砸得砰砰响，要么互相扔纸球，要么吹口哨，要么在走道里蹦来蹦去。大家现在都在和怀德老师作对，都在骚扰她、为难她、捉弄她、奚落她，并以此为乐。

现在大家和怀德老师作对的情绪那么强烈，已经没有人能够阻止了。学校里如此混乱，劳拉也没法好好学习了。要是她不能好好上课，就不能尽早拿到教师资格证，供姐姐玛丽上学了。那样的话，玛丽就可能要被迫离开学校，而这一切只是因为劳拉对那些淘气的男生笑了两下。

她知道，自己不应该那么做的。可是她没有觉得后悔。她不能够原谅怀德老师。只要一想到怀德老师是怎样对待卡莉的，她的心里就升起一股怒火。

一个礼拜五早上，教室里实在太混乱了，艾达学不下去，就开始在石板上画画。学习初级拼写的孩子们都故意把单词拼错，还望着拼错的单词哈哈大笑。怀德老师叫他们都到黑板前面来写，可是这样一来，上面是黑板前面的学生，下面是坐在座位上的学生，她被夹在中间，更没有办法管了。艾达出神地画着画，双脚晃来晃去，嘴里还不自觉地哼着小调。劳拉用手捂住耳朵，想要专心学会儿习。

下课休息的时候，艾达把她画的画拿给劳拉看。她画的是怀德老师的漫画像，简直太像了。艾达还在下面写了一首诗：

　　大家上学欢乐多，
　　又笑又胖没拘束，
　　捂着肚子笑弯腰——
　　懒汉莉莎虱子爬！

"我没办法押上韵。"艾达说。玛丽和明妮一边夸赞着这幅画一边大笑。后来玛丽说道："你怎么不让劳拉帮你？她写诗最在行了。"

"你可以帮我写吗，劳拉？"艾达问。劳拉把石板拿过来，拿起铅笔，大家都拭目以待。她想起了一个韵脚，然后开始写。她只是想让艾达高兴，也趁着这个机会展示一下自己的才能。她在艾达刚刚写过又擦掉的地方写道：

　　学校生活欢乐多，

　　嘻嘻哈哈乐开花，

　　捧腹大笑都因她——

　　懒汉莉莎虱子爬！

　　艾达看了很高兴，其他人也很高兴。玛丽说："我就说劳拉可以办到的。"就在这时，怀德老师摇响了上课铃，课间休息就这么迅速地结束了。

　　男生们吵吵闹闹地走进了教室，故意制造出乱哄哄的噪音。查理走到艾达桌子旁边时，看到了那个石板，艾达笑着让他拿走了。

　　"天啊，不要！"劳拉在内心大喊，不过一切都太晚了。男生们互相传阅着那片石板，一直传到了中午。劳拉害怕怀德老师看到了收过去，害怕她看到艾达的画还有自己的笔迹。直到后来看到石板又传到了艾达那里，艾达迅速拿抹布擦干净，劳拉才松了一大口气。

　　放学后，大家走在空气清新、阳光明媚的路上，准备回家吃饭。劳拉听到男生们一路都唱着那几句话，一直唱到主街。

　　学校生活欢乐多，

　　嘻嘻哈哈乐开花，

　　捧腹大笑都因她——

　　懒汉莉莎虱子爬！

　　劳拉有点喘不过气，胃里一阵难受。她大喊道："他们不能再唱了！我们得阻止他们！玛丽！明妮！快过来！"她又朝着男生那边喊，"查理！克拉伦斯！"

"他们听不见的。"明妮说，"听见了也不会理我们的。"

男孩们走到主街那里便分开了，还互相说了些什么。不过劳拉还没松口气呢，又有个男生唱了起来，其他人也跟着唱"学校生活欢乐多——"他们一直从主街这头唱到主街那头。

"懒汉莉莎虱子爬！"

"唉，他们怎么这么没脑子啊！"劳拉说。

"劳拉，"玛丽说道，"我们只要做一件事，就是谁都不要说这首诗是谁写的。艾达肯定不会说的，我也不会，相信明妮也不会说的，是吧，明妮？"

"我发誓！"明妮保证，"可是内莉会不会说呢？"

"她又不知道，课间休息的时候，她一直在跟怀德老师聊天呢。"玛丽告诉大家，然后转向劳拉，"你也不会说的，对吧？"

"除非爸妈当面直接问我，否则我肯定不会说的。"劳拉回答。

"他们肯定不会问的，这样就没人知道了。"玛丽试图安慰劳拉。

那天吃完饭，查理和克拉伦斯从门口经过，又唱起了那首可怕的歌，爸爸听到了问妈妈："这歌我好像没听过，你听过这首什么懒汉莉莎虱子爬的歌吗？"

"没有。"妈妈说，"听起来就不是什么好歌。"

劳拉什么也没说，她从来没如此难过过。

男生们在学校旁边不停地唱着。内莉的弟弟威利也加入了他们。教室里面，艾达和内莉站在窗户旁边离怀德老师很远的地方。怀德老师一定知道是内莉告诉了大家她的名字。

内莉非常生气，她很想知道是谁写了那首歌，不过艾达没有告诉她，大家都装作不知道。不过她的弟弟威利应该知道的，至少也会去调查一下，他要是知道的话肯定会告诉内莉，然后内莉肯定会告诉怀德老师的。

那天晚上放学后，甚至礼拜六一整天，男生们都在唱。天气很晴朗，阳光很明媚，男生们都在外面。劳拉恨不得希望来一场暴风雪让他们到屋里来。她从来没感到如此尴尬过，因为她已经把内莉告诉她们的小秘密传播了出去，而且传播得如此之快，比内莉自己传得都要远。她有些自责，不过还是更加责怪怀德老师。要不是她对卡莉做出那么不公平的事来，劳拉也不会陷入这样的境地。

那天下午，玛丽·帕沃来劳拉家了。她和劳拉经常在礼拜六下午互相拜访，一起做针线活。她们一起坐在阳光灿烂的客厅里。

劳拉正在用柔软的羊毛织头巾，准备当做圣诞节礼物送给姐姐玛丽。而玛丽·帕沃正在给她爸爸织一条真丝领带。妈妈则坐在摇椅上做针织活，还时不时从教会出版的《前进报》上读一段有趣的消息。格蕾丝在一旁玩耍，卡莉正在缝制一个九宫格的百衲被。

这是多么惬意的午后啊。冬日的阳光暖暖地照进来。壁炉里的煤炭烧得很旺，整个屋子里都是暖洋洋的。小猫咪现在已经长大了，正在碎呢地毯上面伸着懒腰，发出慵懒的咕噜声。不一会儿它又弓着身子趴在客厅门前喵喵叫，想出去看看外面有没有狗。

现在这只小猫在镇上已经小有名气了。它真的太漂亮了，一身青灰色和白色相间的毛，身体纤瘦，尾巴长长的，每个人见了都想抚摸一下。不过只有自己家的人才能抚摸它。要是别的人想蹲下来摸一摸她，它就怒吼着拿爪子抓他的脸。不过旁边会有人尖叫着"别碰那只猫！"

及时制止抚摸它的行为。

小猫喜欢坐在门前的台阶上，环顾着这个小镇。有时候，男孩子或者男人们会带来一条陌生的狗，想看看好戏。只见那狗凶神恶煞地汪汪直叫，小猫还是平静地趴在那里没有丝毫反应。不过它是随时准备好的，如果狗扑了过来，它就会大叫一声跳到狗背上，用锋利的爪子抓住狗的皮肉，狗就赶紧往前跑了。

狗飞奔的时候，小猫就安静地抓住狗背坐在上面。狗不停地狂吠着。当小猫觉得离家距离太远了，就会从狗背上跳下来。不过狗还是疯疯癫癫地往前跑，而小猫就翘着尾巴骄傲地回家去了。所以，只有没见识过小猫厉害的狗才敢来招惹它。

没有比礼拜六下午更美好的时光了。劳拉可以安逸地待在家里，玛丽会过来串门，小猫还会搞点不同寻常的乐子出来。不过劳拉现在没有办法去享受这一切。她坐在那里，非常担心听到男孩们再唱起那首歌，她感到胸口非常沉重。

"我或许应该对爸爸妈妈坦白。"她心想。不过一想到怀德老师做的那些事，她心中的怒火又升起来了。她写这首诗的本意并不是要去伤害谁，而且是在课间写的，不是上课时间。这一切都太难解释了。或许就像妈妈说的那样，时间久了就会过去的。只要少提这件事，一切就会烟消云散的。不过或许这个时候有人已经告诉爸爸了呢。

玛丽这会儿也有点心神不宁。两个人都把手里的活儿织错了，还得拆开重新织。她们今天只织了一点点，以前的礼拜六她们从来没织这么少过。她们谁也没有提学校的事情，以往上学的乐趣也不复存在了，甚至也不期待礼拜一早上去上学了。

那个礼拜一确实糟糕得不能再糟糕了。劳拉学习也根本提不起任何兴趣。男孩们吹着口哨、喝着倒彩，在走廊里打来打去。女生们除了卡莉，有的在窃窃私语，有的咯咯地笑，还有的甚至从这个座位上挪到那个座位上。怀德老师拼命地喊着"大家安静！""请大家安静！"可是她的声音完全被淹没在这种混乱之中了。

这时候，门口传来一阵敲门声。劳拉和艾达都听到了，她们离门最近。她们互相对视了一下。后来敲门声又响了起来，艾达举起了手，不过怀德老师根本没注意到。

突然门口响起了一阵非常响亮的敲门声。这下所有人都听到了。门开了，教室里突然安静下来。是爸爸进来了。教室里安静得哪怕一根针掉下来也能听得到。爸爸身后还跟着两个劳拉不认识的人。

"早啊，怀德老师！"爸爸说，"我们校董事会觉得该到学校来看看了。"

"有些事情是该解决了。"怀德老师回应道。她双颊通红，然后又变得苍白。她对另外两个人回了句"早！"请他们和爸爸一起到讲台上来。他们站在讲台上俯视着下面的同学们。

同学们都像是石化了一样一动不动地坐在那里。劳拉的心脏嗵嗵地撞击着胸口。

"我们听说这里有了点小麻烦。"那个个子高的男人严肃但亲切地说道。

"是的，我很庆幸能有这个机会告诉你们到底发生了什么。"怀德老师生气地回答，"都是劳拉·英格斯惹的祸。她仗着爸爸在董事会，就以为能够控制学校里的一切。她以为我不知道她的那些想法，其实已经有人告诉我了。"她生气地看着劳拉，脸上闪过一丝得意的表情。

劳拉一时目瞪口呆。她没想到怀德老师会说谎。

"非常抱歉，怀德老师。"爸爸说，"我想劳拉肯定不是故意惹麻烦的。"

劳拉举起了手，不过爸爸对她摇了摇头。

"她还教唆那些男生都来反抗，所以才有这么多麻烦。"怀德老师告诉他们，"劳拉·英格斯怂恿他们捣乱，都来和我对着干。"

爸爸望着查理，查理的眼睛闪烁着。他对查理说："小伙子，我听说你因为坐到了一个图钉，就被罚站了。有这事吗？"

"不是的，先生！"查理带着一副无辜的表情，"我不是因为坐在图钉上才被罚站，是因为我坐到了图钉赶紧站起来了。"

听他这么一说，那个本来就面带笑容的理事差点笑了出来，他赶紧咳嗽了两声来掩饰。甚至连那个表情严肃的理事胡子也动了几下。怀

德老师双颊通红。爸爸的表情还是很严肃。其他人也不敢笑。

爸爸缓慢而沉重地说:"怀德老师,你要知道,我们董事会和你一样,是想管好学校的秩序的。"他表情严肃地朝着所有同学扫视了一遍,然后接着说道,"同学们,你们要听怀德老师的话,遵守课堂纪律,好好学习。我们希望学校能有个好纪律,希望大家可以做到。"

爸爸说这些话的时候,是非常真诚的,最后学校的纪律也真的好转了。

教室里非常安静。一直到校董事会离开之后,还是非常安静。没有人再在板凳上晃来晃去,也没有人窃窃私语了。大家都安安静静地复习功课,每一个班级都在这一片安静中背诵着课文。

回到家里,劳拉也不说话,她不知道爸爸会对她说些什么。只有爸爸提起这件事,她才能把事情的真相解释清楚。不过爸爸一直没说什么,一直到吃完晚饭,洗完碟子,大家都围着台灯坐下的时候,他才放下报纸,看着劳拉说道:"现在你可以解释了,解释下你都给大家说了什么,让怀德老师觉得你仗着我在董事会,就以为能够掌控整个学校。"

"我从来没说过这样的话,也没这样想过,爸爸。"劳拉认真地说。

"我相信你。"爸爸说,"不过她肯定从什么地方感觉到是这样的。想想是什么原因呢?"

劳拉想了又想,可是怎么也想不出。因为她一直在想着怀德老师说了谎话,自己没有什么地方说错了。她根本没有去想怀德老师为什么会这么说。

"你是不是跟什么人说过我在董事会的事?"

内莉经常提起这件事,虽然劳拉一点也不想让她说。然后她想起了那次争吵,内莉差点扇了他一巴掌。于是她说道:"内莉·奥雷森有次跟我说，她听怀德老师说，虽然你在校董事会，可是你在学校的事情上根本没有发言权。然后，我就说——"

她当时实在太生气了，现在都记不清楚自己说了些什么。"我说你和董事会其他人一样有发言权。然后还说，真可惜你爸爸在镇上连一片地都没有。你要不是个乡巴佬，或许你爸爸也会进董事会呢。"

"哎呀，劳拉！"妈妈皱着眉头说，"肯定这句话惹她生气了。"

"我就是想惹她生气。"劳拉说，"我是以牙还牙。以前在梅溪边上住的时候，她经常嘲笑我和玛丽是乡巴佬。我也让她体会一下被人骂乡巴佬的感觉。"

"劳拉啊劳拉！"妈妈有点听不下去了，"你怎么这么记仇呢？都多少年的事了！"

"她对你也很不礼貌啊，妈妈，而且还欺负杰克。"劳拉的眼睛里闪着泪花。

"不要想这些事了。"爸爸说，"杰克确实是条好狗，也已经安息了。所以是内莉歪曲了你的意思，然后给怀德老师打了小报告，才引发了这一系列麻烦，我明白了。"爸爸重新拿起了报纸，"好了，劳拉，吃一堑长一智，你要记住，俗话说'来道是非者，便是是非人'。"

好一会儿，大家都不再说话了。卡莉开始复习单词拼写。然后妈妈说："你能把你的签名纪念册拿过来吗？我想写几句话给你。"

劳拉把纪念册从楼上的箱子里拿出来，妈妈坐在桌子前，用那根珍珠笔杆的小钢笔仔细地写了起来。她在煤油灯下面小心地把墨迹烤干，然后把纪念册还给了劳拉。

在那光滑的奶白色内页上，妈妈用好看的字体写着：

若想探寻智慧之门，

时刻牢记五个"什么"：

什么时间、什么地点，

用什么方式，

告诉什么人，

关于什么人的事情。

爱你的妈妈

卡罗琳·英格斯

1881 年 11 月 15 日于德斯梅特

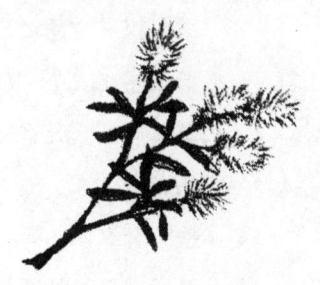

名片

　　为冬天的到来做好一切准备之后，大家反而感觉不到冬天的气息了。天气一直晴朗无比，土地虽然冻得很硬，可是一片雪花也没有落下来。

　　秋季学期结束后，怀德老师回明尼苏达州去了。新来的是个男老师，姓克鲁特。他虽然话不多，可是非常严格，很会维持纪律。现在上课的时候，除了低声背诵课文的声音，再也听不到其他杂乱的声音了。那一排排座位上的同学们，都在勤奋地学习。

　　现在那些年龄大的孩子回学校上课了。凯普·加兰德也来了，他的脸被晒得黝黑，在他棕红色肤色的映衬下，灰白的头发和眼睛看起来颜色更浅了。他的笑容还是一闪即过，但比阳光还要温暖。大家都还记得去年冬天他和阿曼佐·怀德的艰难旅程。他们给大家带回了小麦，大家才不至于饿死。本·伍德沃斯也回到学校了，还有弗雷德·吉尔伯特——他的爸爸在火车停运后，取来了最后的邮件。明妮的哥哥亚瑟·约翰逊也来了。

　　第一场雪依然迟迟没有来。课间休息和午间休息的时候，男生们在外面打棒球，而年龄稍大的女生们已经不在教室外面玩了。

内莉在钩编着什么。艾达、明妮和玛丽站在窗户前，看男生们打球。劳拉有时候也跟她们一起，不过大部分时间都趴在课桌上学习。她现在总感觉时间很紧迫，害怕等她十六岁的时候没法通过考试拿到教师资格证。现在她已经十五岁了。

"哎呀，来啊，劳拉。来跟我们一起看他们打球吧！"一天中午，艾达劝劳拉，"你还有一年的时间学习呢，不要搞得这么紧张啦！"

劳拉合上了书本。她很高兴姐妹们都想叫她一起玩。内莉轻蔑地摇了摇头。"真庆幸我不用非得去当老师。"她说，"因为即使我不去工作，家里也能过得很好。"

劳拉努力克制住自己，压低声音，语气温柔地说道："你当然不用去工作啦，内莉，不过我们家可不会靠有钱亲戚接济度日啊。"

内莉气得说起话来都结巴了。玛丽冷静地打断了她："我真不知道劳拉去不去当老师，关你什么事。劳拉那么聪明，以后肯定是个好老师。"

"说得没错。"艾达说，"她肯定能超过——"她停住了，因为门开了，凯普走了进来。他是从镇上回来的，手里拿着一个小小的条纹纸袋子。

"姑娘们，你们好啊！"他望着玛丽说道。他把袋子给她，脸上还是那种灿烂的笑容。"吃点糖果？"

内莉抢先了一步。"哎呀，凯普儿呀！"她大声说着，把袋子抢了过来。"你怎么知道我很喜欢吃糖果啊？还是镇上最好的糖果呢！"她朝着凯普笑得那么灿烂，还有一种劳拉从没有在她脸上看到过的表情。凯普一脸惊讶，有些局促不安。

"姐妹们要吃点不？"内莉故作大方地迅速把开着口的纸袋子在每个人面前晃了一圈，然后自己拿了一个糖果，把袋子放进了口袋里。

凯普眼巴巴地望着玛丽，不过她把头扭到一边去了。"好吧，你们喜欢就好。"凯普咕咕哝哝地说了一句，就去跟男生们打球去了。

第二天中午，他又带了一袋糖果回来。不过还是和昨天一样，他想把糖果给玛丽，却被内莉抢先了一步。

"哎呀，凯普儿，你可真好，又给我带了这么多糖果。"她笑容灿烂地看着他说。这次，她稍微走开了一点。她现在心里只有凯普，根本没心思管其他人。"我要是自己都吃光了，那我不就像猪一样啦。来，凯普儿，你也尝尝嘛！"她撒娇地说道。凯普只好拿了一颗，剩下的就迅速进了内莉的肚子，内莉一边吃还一边夸凯普人好，还夸他长得高高大大。

凯普看起来非常无助，不过也很开心。劳拉知道他根本对付不了内莉。玛丽也根本不屑于跟内莉斗。劳拉心里愤愤地想："像内莉这样的女孩，是不是想要什么都能得到？"她想得到的可不只是这一袋糖果。

内莉把凯普拉到身边，一直对他说个不停，直到克鲁特老师摇响了上课铃。其他人都装作没有看到他们两个。劳拉正在请玛丽在自己的签名纪念册里写留言。除了内莉之外，大家都在签名纪念册里互相留言。内莉就压根没有签名纪念册。

玛丽坐在课桌前，用钢笔认真写了起来。她刚放下笔，大家就迫不及待地想读一读她写的句子。她的字迹很优美，选的那首诗也很美。

山谷的玫瑰终会凋谢，

青春的欢愉难以永存，

唯友谊之花常开不败，

超越一切世间之美丽。

　　现在劳拉的签名纪念册里有很多珍贵的留言。第一页是妈妈写的那几句话，接着就是艾达写的简短的两句话：

在记忆的金匣子里

为我留一颗珍珠吧

你的挚友

艾达·莱特

　　凯普时不时地越过内莉的肩膀无助地看着她们，不过她们根本没心思去看他跟内莉。明妮叫劳拉给她写留言，不过劳拉说："我可以帮你写，不过你也要给我写。"

　　"我肯定给你写的，不过我写的肯定没有玛丽那么好看。她的字写得像刻的一样呢。"明妮说着，就坐下来开始写了。

当我写在这里的名字，

开始变得模糊不清，

当这纪念册如树叶般，

随着流年渐渐泛黄，

愿你还能时常温柔地想起我，

愿你没有忘记——

无论我在哪里，

都依然把你放在心里。

明妮·约翰逊

然后上课铃响了，大家都回到了座位上。

那天下午课间的时候，内莉嗤之以鼻地指着签名纪念册说道："这东西早就过时了。我以前也有一本，不过早就不想要这几百年前的东西了。"大家都不信。她接着说："在我们东部，现在流行交换名片。"

"名片是什么东西？"艾达问道。

内莉装出吃惊的表情，然后笑了笑说："好吧，你们当然不知道，明天我把我的名片带过来给你们看看，不过我可不会给你们的，因为你们没有名片拿来交换。名片应该是用来交换的。在我们东部，大家现在都在交换名片呢。"

大家依然深表怀疑。签名纪念册不可能过时了，大家手里的纪念册都还新着呢。劳拉这本还是妈妈去年九月从爱荷华州温顿带回来的呢。在回家的路上，明妮说："她肯定是吹牛呢，我不信她有什么名片，根本没这个东西。"

不过第二天早晨，明妮和玛丽都迫不及待地想见到劳拉，她们在她家门口焦急地等待着劳拉出门。玛丽已经弄清楚名片是怎么回事了。银行旁边的那家报社老板杰克·霍普就能印。就是一些五颜六色的卡片，上面印着花花鸟鸟的图片，霍普先生可以把你的名字印在上面。

"我才不信内莉有什么名片呢！"明妮还是怀疑内莉在吹牛，"她肯定只是比我们早一点发现了印名片的店，然后自己印一些骗我们是从东部带过来的。"

"印一次大概要多少钱啊？"

"那得看你要什么图案，想印什么样的。"玛丽告诉她们，"我印了一打最简单的，一共两毛五。"

劳拉没再说什么。玛丽的爸爸是个裁缝，一年四季都有活儿干。可是，现在冬天来了，镇上不再能找到木匠活儿，得一直等到春天。爸爸要养活一家五口人，还要供姐姐玛丽上学。花两毛五去买名片玩，单是想想都是一种奢侈啊！

第二天早晨，内莉并没有把她的名片带过来。她那会儿正在壁炉旁边烤火，顶着寒风长途跋涉来到学校，她的手都快冻僵了。明妮问她有没有带名片过来。

"哎呀，天啊，我把这事给忘了！"她说，"看来我得在手上绑个绳子提醒一下自己。"明妮给了玛丽和劳拉一个眼神，就好像在对她们说："我就说她是骗人的。"

那天中午，凯普真的又带了糖果过来。跟平时一样，内莉坐在最靠近门的地方，一看见凯普过来了，就捏着嗓子说："哎呀，凯普儿！"就在她要把糖果袋子抓过来时，劳拉迅速跑过来抢了过去，拿给了玛丽。内莉满脸惊讶。

大家都感到很惊讶，就连劳拉自己也被自己的举动吓到了。然后凯普又堆起了满脸灿烂的笑容，他感激地对着劳拉笑了笑，又注视着玛丽。

"谢谢你，"玛丽对他说，"我们都很喜欢吃糖果。"她把糖果分给大家吃。凯普就去外面跟别的男生们一起打球了，路上还不忘回头看一眼，脸上洋溢着高兴地笑容。

"你也来一颗吧，内莉。"玛丽让着内莉。

"当然！"她说着拿了其中最大的一颗，"我确实喜欢吃凯普的糖果，不过他这个人嘛，太嫩了点，你自己享用吧！"

玛丽的脸唰的一下就红了，不过她没有说什么。劳拉觉得很生气。"你要是能得到他，估计你早就得逞了。"她说，"谁不知道他带的糖果是给玛丽的！"

"天啊，我要是想得到他，他早就围着我团团转了！"内莉吹嘘道，"他还不值得我去花心思，我看上的是他的朋友，就是那个名字好笑的怀德先生，你们等着瞧吧，"说着，她自顾自地微笑着，"我肯定能坐上他的漂亮马车。"

没错，她确实可以坐上那辆马车，劳拉心想。内莉和怀德老师以前关系那么好，怀德老师的弟弟到现在也没邀请她去做马车才奇怪呢。至于劳拉，她知道自己已经没什么机会了。

第二个礼拜，玛丽的名片印好了，她带到了学校来。这些名片真的太漂亮了。卡片是浅浅的绿色，每一张上面都印着一只画眉鸟在黄花草上面唱歌的图案。名片下面用黑色字体印着"玛丽·帕沃"。她拿了一张给明妮，一张给艾达，还有一张给了劳拉，虽然她们都没有名片拿来交换。

也是那天，内莉也把她的名片带到学校来了。她的名片是淡黄色的，上面印着一束三色紫罗兰和一个卷轴，上面写着"忆往昔"，下面印着手写体的名字。她拿出一张跟玛丽交换。

第二天，明妮说她也想去买些名片回来。她爸爸已经给她钱了，要是大家肯陪她去的话，放了学就去预定。不过艾达不能去，她故作轻松地说："我不能耽误时间的，你们知道的，我是个养女，我必须尽快回到家里做家务。我也不能要钱买名片。我爸爸是牧师，这种东西对他来说就是一种虚荣。所以，我只能等你印好了，再欣赏你的了。"

"真是个好姑娘，是吧？"艾达走后，玛丽说道。大家都很喜欢艾达，劳拉也希望自己能像她一样，可是自己却没办法做到。她内心也非常想要属于自己的名片，甚至有些嫉妒玛丽和明妮了。

她们来到报社，霍普先生围着沾满墨迹的围裙，把名片的样片摊在柜台上给她们看。这次的名片比上次的还要好看。劳拉看到内莉的那个样式这里面也有，心里一阵窃喜。这就说明，内莉的名片也是在这里买的。

这些名片都有着淡淡的漂亮颜色，有些还镶了金边。一共有六种

花可以选择，有一张上面的花朵中间有一个鸟巢，两只小鸟栖在巢边上，上面印着四个字母"LOVE"。

"那是专门给小伙子们用的。"霍普先生告诉她们，"只有年轻小伙子才敢拿印着'LOVE'的名片送人。"

"是啊。"明妮小声说着，双颊发红。

每一张图案都这么好看，让人眼花缭乱，不知道选哪个好了。霍普先生等了一会儿，最后说："好啦，你们慢慢选，我先去印报纸了。"

他继续给印版上墨，拿了一叠纸放在印版上面。明妮在里面挑来挑去，最后选了一张浅蓝色的卡片，这个时候霍普先生都把煤油灯点着了。没想到都已经这么晚了，大家心里都有点不安，急急忙忙朝家里跑去。

劳拉气喘吁吁地赶到家的时候，妈妈都已经把晚饭摆上了桌子，爸爸正在洗手准备吃饭。妈妈看到劳拉回来，赶紧问道："你去哪了啊，劳拉？"

"不好意思啊，妈妈，没想到耽误了这么久。"劳拉道了歉，告诉了爸爸妈妈名片的事。当然她不会开口说自己也想要。爸爸说杰克真有脑子，想出来这个新奇的玩意儿。

"那种名片要多少钱啊？"他问道。劳拉说最便宜的一打也要两毛五。

快到睡觉时间的时候，劳拉望着墙壁，回想着历史课本上的1812年战争。这时，爸爸叠起报纸，放了下来，喊劳拉过来。

"什么事，爸爸？"

"你肯定也想要那些时髦的名片吧？"爸爸问道。

"我也在想这事儿呢，查尔斯。"妈妈也插了一句。

"嗯，我确实很想要。"劳拉承认，"可是我并不需要。"

爸爸眨了眨眼，微笑着从口袋里掏出了几枚硬币，拿出两枚一角的和一枚五分的递给劳拉。"你也去买名片吧。"他说，"这些钱给你。"

劳拉有些犹豫。"你们真的让我去买吗？我们还有多余的钱吗？"她问。

"劳拉！"妈妈语气坚定地说。她的意思是："你是在怀疑爸爸做的事情吗？"劳拉很快说道："爸爸，太谢谢啦！"

妈妈接着说道："你是个好孩子，劳拉，我们希望你也有同龄女孩子的乐趣。要是抓紧时间，明天早上去上学之前就能把名片订好。"

那天晚上，独自睡在那张她与姐姐玛丽共同的床上，劳拉内心感到有些羞愧。她其实没有那么好，不像妈妈、玛丽还有艾达那么好。不过一想到明天就可以去订属于自己的名片了，她就很兴奋，不仅仅是因为那些卡片真的很漂亮，还因为那就意味着自己和内莉扯平了，而且还能拥有和女伴们一样漂亮的东西。

霍普先生保证名片可以在下礼拜三中午做好。那天劳拉兴奋得都没心思吃饭了。妈妈好像看透了她的心思，不叫她洗碗了，劳拉赶紧冲到报社那边。名片印好了，是精致的粉色卡片，上面印着深粉色的玫瑰和蓝色的矢车菊。图案下面用一种很细很清晰的字体印着她的名字：劳

劳拉的名片

拉·伊丽莎白·英格斯。

不过她根本没有时间好好欣赏这些名片，不然上课就要迟到了。她匆匆地往学校跑去，跑到第二大街一个长街区的宽阔人行道时，一辆闪闪发光的轻便马车在她身边停了下来。

劳拉抬头一看，惊讶地发现是那两匹棕色摩根马。怀德先生站在马车旁边，一只手里拿着帽子。他把另一只手伸向她，说道："我载你一程吧？可以快点到学校。"

他拉着她的手，扶她上了马车，然后自己也上去坐到了她旁边。劳拉心里又惊讶又害羞，一时间不知道该说些什么，她好开心啊，自己终于能够坐进那两匹摩根马拉的马车里了。两匹马小步跑了起来，不过跑得很慢，它们的小耳朵一动一动的，等待着让他们快跑的命令。

"我叫——我叫劳拉·英格斯。"劳拉说。一上来就说这个实在是很傻。他肯定知道她是谁的。

"我认识你爸爸，我很久之前在镇上就见过你了。"他说，"我姐姐经常提起你。"

"这两匹马真好看！它们叫什么名字？"她问道。虽然她知道它们叫什么，不过她必须得找点话题说。

"这边这匹叫淑女，这边这匹叫王子。"他告诉她。

劳拉真希望他能让那两匹马跑快点——能跑多快跑多快。可是如果这样要求似乎有点不太礼貌。

她想是不是应该讨论讨论天气，不过那样会有点太傻了。

她根本想不到什么话题，而这么久才走了一个街区。

"我刚才去拿我的名片了。"她听见自己说。

"名片啊？"他说，"我的就是很简单的卡片，从明尼苏达州买来的。"

他从口袋里掏出来一张，递给了她。他只用一只手驾着马车，缰绳在他那只戴着手套的手里摆动着。劳拉接过名片，那是一张简单得不能再简单的白色卡片，上面用古体英文印着"阿曼佐·詹姆斯·怀德"。

"这个名字有点奇怪吧？"他说。

玛丽试图在脑海中寻找到什么好的词语来形容。最后，她说："很特别。"

"这是家人们对我的期许。"他表情严肃，"我家人认为，家里面必须有个叫'阿曼佐'的人，因为十字军东征的时候，我们家族里有个人也去了，一个阿拉伯人还是什么人救了他的命，那个人叫'厄尔曼佐尔'，后来改成更像英文发音的'阿曼佐'，不过我看无论怎么改，这个名字还是有点奇怪。"

"这个名字很有趣呢。"劳拉诚实地说。

她心里确实是这样想的。不过她不知道该拿那个名片怎么办。要是再还给他就不礼貌了，可是万一他并不是让自己留着这张名片呢？她一直在手里拿着，这样要是他想要回去就可以直接拿走了。这时，马车已经来到了第二大街转弯的地方，劳拉紧张地拿着那张名片，心里想着，要是他不把它拿回去，她就也给他一张。内莉说过名片是要互相交换的。

她把拿着名片的手往他那边靠了靠，这样他就能清楚地看见了。而阿曼佐继续驾着马车。

"你——这名片你还拿回去吗？"劳拉问道。

"你要是愿意留着就留着吧。"他答道。

"那你想不想要我的名片？"她说着从包着名片的报纸里面拿出一

张给他。

他看了看，对她说了谢谢。"这名片真好看。"他说着把名片放进了上衣口袋里。

现在，他们到学校了。他拉住缰绳，跳下马车，取下帽子，伸出手来扶劳拉下车。其实劳拉不需要帮助也能自己下来，她只是轻轻地碰了下他的手套而已。

"谢谢你载我过来。"她说。

"别这么客气。"他回答。他的头发其实是深棕色的，不是劳拉之前想象的那么黑。一双深邃的蓝眼睛，在晒得黝黑的皮肤上并不显得空洞。脸上是一种稳重、可靠却又无忧无虑的表情。

"你好，怀德！"凯普给他打招呼，怀德先生朝他招了招手，就驾车走了。克鲁特老师刚好摇响了上课铃，男生们都拥进了教室。

劳拉回到自己的座位上，艾达趁着还没开始上课赶紧抓住劳拉的胳膊高兴地小声说道："天啊，刚才你坐马车过来的时候，你是没看见内莉那表情！"

走道另一边的玛丽和明妮都在朝着她笑，不过内莉故意把视线转向了另一边。

联谊会

一个礼拜六下午，玛丽·帕沃一阵风似的跑来找劳拉。她的脸蛋绯红，非常激动。原来妇女互助社要在下礼拜五晚上举行一场"一毛钱联谊会"，就在家具店楼上丁汉姆夫人家举办。

"你要是去我就去，劳拉。"玛丽说，"英格斯夫人，您会让劳拉去的吧？"

劳拉不想去问所谓的"一毛钱联谊会"是什么。劳拉虽然很喜欢玛丽，但是跟她在一起，总是感觉有那么一点自卑。玛丽的衣服那么漂亮合身，都是她爸爸量身定做的，头发也做成最新的发型，前面留着好看的刘海。

妈妈说劳拉可以去参加联谊会。不过直到今天，她才知道妇女互助社已经成立起来了。

说实话，从梅溪边过来的奥尔登牧师没有当选这里的牧师，爸妈感到很失望，也很难过。他一直想来这里当牧师的，教会也派他来了，不过等他来到这里，发现布朗牧师已经先他一步在这里确立了教会。所以奥尔登牧师只好以传教士的身份到更远的西部去了。

当然，爸爸妈妈不会因此就失去兴趣离开教会，妈妈可能还会到妇女互助社去帮忙的。可是，他们再也找不回奥尔登牧师在教会时的那种感觉了。

接下来的一个礼拜，劳拉和玛丽一直都期待着那场联谊会。因为要交一毛钱才能参加，所以明妮和艾达还不能确定是不是能参加。而内莉说她压根就没什么兴趣。

那个礼拜五白天，对于劳拉和玛丽来说是那么漫长，她们如此焦急地盼望着晚上快点到来。那天晚上，劳拉回到家没有换下衣服，而是直接套上了一条长围裙，下巴下面的位置用别针别住。早早吃完晚饭，劳拉洗完了盘子，就开始为去联谊会做准备了。

妈妈仔细地帮她把衣服刷干净。那是一件棕色的毛呢公主裙，高高的领子紧紧地扣在劳拉的下巴下面，长长的裙子一直拖到靴子上面。裙子非常漂亮，袖口和领子上都有一圈红色的嵌边，衣服前面有一排牛角扣子，每一个扣子中间都印着小小的城堡图案。

站在客厅的穿衣镜前面，劳拉在煤油灯下面仔细地梳头发、扎辫子，她先把头发弄上去，又放了下来，不知道该怎么梳成适合自己的发型。

"哎呀，妈妈，真希望你能让我也剪个刘海。"她乞求地说道，"玛丽就有刘海，可时髦了。"

"你的头发现在这样就很好看啊。"妈妈说，"玛丽那姑娘长得挺漂亮，不过我看那新发型显得有点傻乎乎的。"

"你的头发真的挺好看的，劳拉。"卡莉也安慰道，"那么好看的棕色，又长又密，很有光泽。"

可是劳拉看着镜子里的自己，还是很沮丧。她想到额头上面的那一排短发，要是梳到后面的话是一点也看不出来的，不过现在她把那些头发都梳到前面来，这样就有一层薄薄的刘海啦。

"求你了，妈妈。"她恳求道，"我保证不会剪得像玛丽的那么厚，你就让我剪一点吧，我再弄卷，就很好看了。"

"好吧，那你剪吧。"妈妈只好同意。

劳拉从妈妈的针线篮里掏出大剪刀，对着镜子把前额的头发剪成大约五厘米的窄刘海，把长长的石笔放在炉火上加热，她握着没有加热的那一边，把前面的一小束短头发卷在加热的石笔上，这样利用石笔的温度，她一点点把刘海都烫卷了。

然后她把剩下的头发都整整齐齐地梳到后面去，编成了辫子，又把辫子一圈一圈平平地盘在后面，用发卡固定住。

"转过来，让我看看。"妈妈说。

劳拉转过身来。"你觉得怎么样，妈妈？"

"挺漂亮的。"妈妈承认，"不过我还是喜欢你以前的发型。"

"转到我这边，我来看看。"爸爸说。他看了很长时间，眼睛里流露出喜悦。"你要是非要留这个傻乎乎的刘海，那么现在确实不错了。"爸爸说着继续看起了报纸。

"我觉得不错，看起来很漂亮。"卡莉温柔地说。

劳拉穿上了棕色外套，把外套上蓝色内里的尖帽子仔细地戴在了头上。帽子上面棕色和蓝色的边缘都是锯齿边的，帽子上长长的系带可以围在脖子里当围巾用。

她最后看了一眼镜子里的自己。她的脸颊因为激动而有些绯红，卷卷的刘海在帽子蓝色内里的映衬下显得非常时髦，她的眼睛也看起来更蓝了。

妈妈给了她一个一角硬币，说道："到那边玩得开心啊，劳拉，我相信你会很懂礼貌的。"

爸爸问道："我要送她到联谊会门口吗，卡罗琳？"

"现在还不是很晚，一条街就到了，况且她还跟玛丽一起呢。"妈妈回答说。

劳拉出门了，夜幕中的天空繁星点点。一想到马上就要到达联谊会现场，她的心跳就加快了。外面很冷，她每呼出一口气就会变成一团白雾。五金店和药店的煤油灯在人行道上洒下一块块光斑。家具店漆黑一片，而上面的两扇窗户里面一片灯火通明。玛丽从家里的裁缝店里面出来，和劳拉一起爬上了裁缝店和家具店之间的户外楼梯。

玛丽敲了敲门。开门的正是丁汉姆夫人。她个头不高，身材瘦小，穿着一身领口和胸口带白色蕾丝花边的黑裙子。她向她们问好，接过玛丽和劳拉递过来的一毛钱，说道："来，把外套放在这边吧。"

之前整整一个礼拜，劳拉都迫不及待地想要知道联谊会到底是什么样子，现在她终于来到了现场。一群人坐在一间明亮的屋子里。她跟着丁汉姆夫人快步从他们中间穿过去，来到里面的小屋子，感觉有些尴尬。她和玛丽把外套和帽子放在床上，又回到了刚才那个大房间。

约翰逊夫妇分别坐在窗户两边。窗户上挂着瑞士波点窗帘，前面放着一张擦得很亮的桌子。桌子上面放着一盏大大的玻璃煤油灯，外面是个印着玫瑰图案的瓷灯罩。旁边放着一本绿色绒布书皮的签名纪念册。

地板上铺着一层鲜艳花朵图案的地毯。中间放着一个高大的暖炉，上面有一扇云母窗户。靠墙摆放着一圈泛着光泽的木头椅子。伍德沃斯夫妇坐在一张高靠背的木头沙发上，沙发靠背和扶手都擦得很亮。坐垫是黑色马鬃布的。

只有四周的墙壁和劳拉家一样，都是木板做的。不过上面挂了很多劳拉不知道的人物和风景画。有些还裱着又宽又重的金画框。这也难怪，丁汉姆家是开家具店的呀！

凯普的姐姐弗洛伦斯也在这里，还有他们的妈妈。比尔兹利夫人、药铺的布莱德利夫人也来了。大家都盛装出席，安安静静地坐着。玛丽和劳拉也不说话。她们也不知道该说些什么。

又有人敲门了。丁汉姆夫人赶紧跑去开门，是布朗牧师夫妇。布朗牧师响亮地向每一个人打招呼，他的声音充满了整个房间，然后就跟丁汉姆夫人谈论起他以前在马萨诸塞州的房子。

"那边跟这边不太一样。"他说，"不过咱们都是刚来到这边，大家都一样。"

　　她盯着布朗牧师。她一点也不喜欢他。爸爸说他声称自己跟约翰·布朗是堂兄。约翰·布朗就是在堪萨斯州杀了不少人，最后挑起内战的那个人。布朗牧师看起来确实挺像劳拉历史课本里面的约翰·布朗画像。

　　他的脸很大，而且棱角分明。凌乱的白色眉毛下面，眼睛深深地陷在眼窝里，即使笑起来，那双眼睛看起来也是凶神恶煞。他身材高大，穿着宽松的大衣，袖子里露出那双指关节突出的粗糙大手。他整个人看起来脏兮兮的，嘴巴旁边长长的白胡子已经发黄了，就好像烟灰要从上面掉下来一样。

　　他讲起话来，滔滔不绝。他来了之后，其他人也偶尔说了几句话，不过玛丽和劳拉始终没有说话。她们规规矩矩地坐着，时不时会有些坐立不安。过了很久很久，丁汉姆夫人开始从厨房里端盘子。每个盘子上面都放着一块小蛋糕，还有一个装着奶油蛋羹的小碟子。

　　劳拉吃完了自己的小蛋糕和奶油蛋羹，就小声对玛丽说："咱们回家吧。"玛丽说："好啊，我也想回去了。"她们把空碟子放在旁边的小桌子上，穿上外套，戴上帽子，跟丁汉姆夫人说了声再见，就回家去了。

　　再次来到大街上，劳拉长呼了一口气。"如果这就是联谊会的话，那我真不喜欢这种场合。"

　　"我也不喜欢。"玛丽附和道，"早知道不来了，还浪费了一毛钱。"

　　劳拉回到家里的时候，爸爸妈妈惊讶地看着她。卡莉急切地问道："联谊会好玩吗，劳拉？"

　　"唉，一点也不好玩。"劳拉不得不承认，"我觉得你才应该去呢，妈妈，那边都是跟你们差不多年龄的，我们两个小孩，根本找不到人讲话。"

"这才第一次举办联谊会。"妈妈解释道,"等大家都慢慢熟悉了,联谊会也会越来越好玩的。我在《前进报》上面看到过,说教会的联谊会很有意思的。"

文艺集会

圣诞节就要来了，可是连一场雪也没有下过，更别说什么暴风雪了。早晨，冻得僵硬的土地上结了一层白霜，等太阳出来的时候就消失了。劳拉和卡莉匆匆赶往学校的时候，只有铺着木板的人行道下面和杂货铺的阴影里，还可以看见零星的白霜。寒风如刀割般吹在鼻子上，戴着手套的手冻得僵硬，她们也不想透过厚厚的围巾互相说话。

寒风凄凉地呼号着，太阳很小，天空中没有一只鸟儿飞过。无边无际的大草原也是一片荒芜，草都枯萎了。学校在这样的景象中也显得破旧而毫无生气。

一切看起来就好像冬天从没有开始，也从不会结束。每天，两点一线地奔波在学校和回家的路上，不是在学校上课，就是在家复习功课，就这样日复一日，明天和今天没什么两样，似乎整个人生除了学习、去当老师，就再也没有什么值得期待的了。哪怕是过圣诞节，因为玛丽不在家，也算不上真正的圣诞节了。

劳拉想着，那本诗集现在还在妈妈衣柜的抽屉里面。每次劳拉经过楼梯口，看到妈妈房间里的衣柜，总是会想起那本书，想起那首没有读完的诗。"'鼓起勇气！'他指着前方陆地，'巨浪会把我们推上岸。'"她每天都会想起这首诗，因为这首诗在脑海里出现的次数太多，都有些乏味了，甚至对圣诞节收到这本书的期待似乎也没有那么强烈了。

转眼又到了礼拜五晚上。劳拉和卡莉像平时一样洗好了盘子，在煤油灯下面摊开书本，准备复习功课。爸爸坐在椅子里读报纸。妈妈轻轻地织着毛衣。劳拉和往常一样打开了历史书。

突然间她无法忍受这一切了。她把椅子往后一推，砰的一下合上书，然后把书啪的一下扔在桌子上。爸爸妈妈吓了一跳，都满脸惊讶地看着劳拉。

"管它呢！"她大叫，"我不想学习了！也不想当老师了！什么都不想！"

妈妈非常严厉地看着劳拉。"劳拉！"她说，"我知道你不会说脏话的，不过这样发脾气、摔东西跟说脏话有什么两样？冷静点，不要再这样了。"

劳拉没有回答。

"你到底怎么了，劳拉？"爸爸问道，"你为什么不想学习，不想去当老师了？"

"我也不知道！"劳拉绝望地说，"每天都这样平淡，真的让人很烦！好希望有什么不一样的事情发生！我想到西部去！只想痛痛快快地玩一玩，虽然我知道我已经过了那个年龄了。"她几乎已经哽咽了，这可不像她。

"这是怎么了啊劳拉！"妈妈叫道。

"别想太多。"爸爸安慰她，"你学习太辛苦了，休息休息吧。"

"是啊，今天晚上不要学习了。"妈妈说，"上期的《青年之友》还有些故事没看，你要不读给我们听听？你看这样行吧？”

“嗯，妈妈。”劳拉无助地回答。就是读故事也不是她想要的。她不知道自己想要什么，可是她知道无论是什么自己都不会得到。她拿来《青年之友》，把椅子重新拉到桌子旁边。“你来选读哪一篇吧，卡莉。”她说。

她耐心地大声读起来。卡莉和格蕾丝都睁大眼睛仔细听着，妈妈摇着摇椅，毛衣针在手里噼噼啪啪响，而爸爸去对面福勒家的五金店跟一群男人聊天去了。

突然，门砰的一声打开了，爸爸冲了进来，说道：“把你们的帽子戴上，卡罗琳！姑娘们，学校有个集会！”

“什么集会？”

“大家都去了。”爸爸说，“我们打算成立一个文艺协会。”

妈妈放下手里的毛衣活，喊道：“劳拉，卡莉！快把外套穿上，我去把格蕾丝包起来。”

很快，大家都准备好了。爸爸在前面提着提灯，大家跟在后面。妈妈正想吹灭屋子里的煤油灯，爸爸把煤油灯也提上了。“最好把这个也带上，一会儿到那儿肯定需要灯的。”他解释道。

大街上聚集起一盏盏提灯，然后摇摇晃晃地朝着前面的第二大街挪动。爸爸也把克鲁特老师叫来了，克鲁特老师有学校的钥匙。在提灯摇曳的灯光下，课桌看起来很怪异。其他人也都把煤油灯带过来了。克鲁特老师在自己的桌子上点了一盏大的，杰拉尔德·福勒在墙上钉了根钉子，挂上了一盏带白锡反光板的煤油灯。因为来参加集会，他的商店暂时关门不营业了。所有店主都关了自己的店门，来参加这个集会了。几乎全镇的人都来了，大家都提着灯，把教室里照得灯火通明。

教室里的位置坐得满满的，后面还站满了密密麻麻的人。这时，克鲁特老师叫大家安静下来，并说明了这次集会的目的是成立一个文艺协会。

"首先，我们要列出一个会员名单。然后推选出一个临时主席，临时主席上任后，大家再投票推选几名常务委员。"

现在大家都有些不知所措，兴趣也没刚才那么高涨了，虽然还是很期待谁会被推选为主席。这时，爸爸从座位上站了起来，说道："克鲁特老师，还有在场的各位，我们今天来到这里，其实就是为了寻找一些乐趣，让我们的生活更丰富多彩一些。所以我觉得我们似乎没有必要非成立什么组织吧。"

"就我所知，"爸爸接着说，"成立一个组织的问题就在于，很快大家都开始关注这个组织的一切事务，从而忘记了我们成立这个组织的真正目的。就比如现在，大家来到这里都清楚地知道我们的目的是什么。如果我们现在成立一个组织，再进行选举，很快我们大家之间就会产生矛盾。所以，我建议，我们就干脆不要成立什么组织，只要去做自己想做的事。因为克鲁特是老师，我们每一次集会就由他来拟定下一次集会的主题吧。大家要是谁有什么好的建议，也可以提出来，我们在场的每个人都可以参与进来，做好自己分内的事情，发挥出自己的才干，让每一次集会都更有意义，大家也能玩得开心。"

"说得不错，英格斯！"克兰西大喊。爸爸坐了下来，大家都鼓起掌来。"所有表示支持的，都喊一声'好！'"教室里几乎左右的人都一起齐声大喊"好！"于是提议通过了。

随后突然安静了下来。大家都不知道下一步该做什么了。"今天的集会，还没想好活动内容呢。"克鲁特老师说。"哎呀，我们可不想就这

么回家了！"有人说道。

理发师建议大家唱歌，不过有人提议道："克鲁特老师，今天你这么多学生在场，要不让他们读几首诗吧！你觉得如何？"然后又有人说道："不如我们来个拼字大赛吧！"有几个人表示同意："这个提议不错！""好主意！咱们就玩拼字大赛吧！"

克鲁特老师让爸爸和杰拉尔德来当队长。两个人分别站在讲台两边，挑选自己的队员，喊着大家的名字，下面的人都嘻嘻哈哈地说笑着，热闹极了。

劳拉坐在下面焦急地等待着。他们当然是先选大人，随着两个队伍越来越长，劳拉就更焦急了，她害怕杰拉尔德在爸爸之前喊了她的名字。她可不想跟爸爸比赛。最后，他们选人的速度越来越慢，有时候甚至会停下来一会儿。现在该爸爸选了，虽然他讲了一个很好笑的笑话把大家都逗笑了，但是劳拉知道他在犹豫。他终于决定了，喊道："劳拉·英格斯。"

她赶紧跑过去站在爸爸那队后面，妈妈就在她前面。现在轮到杰拉尔德喊人了。"福斯特！"福斯特是剩下的人当中最后一个成年人，现在站到了劳拉对面。或许爸爸应该选他的，毕竟他是成年人，不过爸爸想叫劳拉加入进来。劳拉想，福斯特先生肯定不怎么会玩拼字游戏。他是个养牛的农场主，去年冬天的时候，还没到射程之内，他就傻乎乎地从马背上跳下来，朝着羚羊群开枪了，结果还把马给吓跑了，就是阿曼佐的那匹"淑女"。

现在，人都选完了，就连最小的孩子也归了队。两个队伍，从讲台前面沿着墙壁一直排到后门。然后克鲁特先生开始出题了。

他先出了一些很简单的词，"foe（敌人）、low（低矮）、woe（悲哀）、roe（鱼卵），row（划船）、hero（英雄）……hero（英雄），巴克利先生？"巴克利先生一下子脑袋有点蒙，"英雄，h-e……h-e-r-o-e……英雄。"大家哄堂大笑起来。他愣了一下，反应了过来，自己也跟着笑了，然后成了第一个被刷下来的人，回到了座位上。

现在单词越来越长了，刷下来的人越来越多。先是杰拉尔德队的人更少，然后又是爸爸那队，接着又是杰拉尔德队，两个队伍不分上下。大家一会儿大笑，一会儿激动得蹦了起来，身体都热乎乎的，感觉不到丝毫寒冷了。劳拉对拼写游戏最在行了，因为这是她的最爱。她站在地板上的一条裂缝上，双手背在身后，准确地拼出了轮到她的每一个单词。对方已经有四个人被淘汰了，爸爸这边也有三个人被淘汰了。"Differentiation（变异）。"克鲁特老师又出了一个单词。现在轮到劳拉拼了。她深深地吸了一口气，流畅地拼了出来。

慢慢地，座位上坐满了被刷下来的人，他们都笑得上气不接下气。现在，杰拉尔德队剩下六个人，爸爸这队只剩下五个——爸爸、妈妈、弗洛伦斯·加兰、本·伍德沃斯还有劳拉。

"Repetitious（重复的）。"克鲁特老师又说道。杰拉尔德队又淘汰了一个人。现在两边人数一样多了。妈妈轻声拼道："r-e-p-e-t-i-t-i-o-u-s。"

"Mimosaceous（含羞草）。"克鲁特老师说。杰拉尔德开始拼，"m-i-m-o-s-a-t-i……"他朝着克鲁特老师看了一眼，"不对，是 s-i……"他更改道，"拼不出来了！"他说，然后坐了下来。

"m-i-m-o-s-a-t-e……"弗洛伦斯也没有拼出来，他以前还当过老师呢！

接着，杰拉尔德那组又一个人被刷了下来，这边的本摇了摇头就直接放弃了。劳拉挺了挺身子，等着拼写这个单词。不过领队的福斯特先生开始拼了："m-i-m-o-s-a-c-e-o-u-s！"

台下爆发出雷鸣般的掌声。还有人开始喊："好样的！福斯特！"福斯特先生脱掉了厚厚的外套，现在就穿了件格子衬衫，在那里腼腆地笑着。不过他的眼睛中流露出一丝光芒。谁都没想到福斯特是个拼写的能手啊！

接下来的单词出得越来越快越来越难，都是从拼写课本最后面挑出来的最拗口的单词。对面就只剩下福斯特一个人了。这边队伍只剩下爸爸和劳拉来对战福斯特了，妈妈也被淘汰了。

三个人很久都没有拼错，周围一片鸦雀无声，大家都屏住呼吸看着他们拼写出一个个单词，爸爸拼完，福斯特先生拼，接着是劳拉拼，然后再是福斯特拼，现在福斯特是一个人对战两个人，可是看样子也不是很好对付的。

"Xanthophyll（叶黄素）。"克鲁特老师说。现在轮到劳拉了。

"Xanthophyll（叶黄素）。"劳拉重复了一遍。她突然想不起来怎么拼写了，真是奇怪。她明明记得这个单词就在拼写课本最后一页上，可就是想不起来了。大家都安静地注视着她，时间好像停止了一样，让她觉得这几秒钟好像几个小时那么漫长。

"Xanthophyll（叶黄素）。"她绝望地又重复了一遍，迅速地硬着头皮拼了起来，"X-a-n-t-h-o-p-h……"她记得这个单词好像和"Grecophil"的后面差不多，所以就迅速地拼写道："X-a-n-t-h-o-p-h-i-l。"克鲁特老师摇了摇头。

劳拉浑身发抖，坐了下来，现在就剩下爸爸自己了。

福斯特先生清了清嗓子。"Xanthophyll（叶黄素）……x-a-n-t-h-o-p-h-y……"劳拉几乎喘不过气了，大家也都屏住了呼吸。"-l。"他拼出了最后一个字母。

克鲁特老师等着他拼完，福斯特先生似乎也在等，似乎要一直这么等下去了。最后，福斯特先生无奈地说："好了，我认输。"然后坐了下来。大家还是鼓起掌来，毕竟他已经坚持到了最后。那天晚上，他赢得了大家的尊敬。

"Xanthophyll（叶黄素）。"爸爸念了一遍。现在似乎谁也拼不出这个该死的单词了，不过劳拉想，爸爸肯定可以的，他一定能行，一定要拼出来！

"X-a-n-，"爸爸开始拼，"t-h-o-p-h-y，"他好像比刚才放慢了速度，"两个 l。"他最后说。

克鲁特先生啪的一声合上了拼写课本。教室里响起了今晚最响亮的掌声。他赢得了比赛，打败了全镇所有的人！

最后，大家怀着激动的心情穿上外套，准备离开了。

"好久没玩得这么开心了！"布莱德利夫人对妈妈说。

"最让人高兴的是，下周五还有个这样的活动！"杰拉尔德夫人说道。

大家还在你一句我一句地议论着，走出了教室。一片片灯光又朝着主街涌了过去。

"劳拉，现在有没有觉得好点？"爸爸问道。劳拉激动地回答："当然了！玩得太高兴了！"

欢乐的漩涡

现在，大家都非常期待礼拜五晚上的到来，第二次文艺集会之后，大家都开始互相比赛，每天都会有新的消息出现。

第二次集会大家玩的是看肢体语言猜字的游戏，爸爸那天晚上出尽了风头，没有一个人能猜得出来他表演的是什么意思。

他就穿着平时的衣服，独自一人表演起来。先是沿着中间的过道往前走，然后拿了两个土豆放在面前斧头的刀刃上。就这样结束了。

他眨了眨眼，逗着观众，给了大家一点提示。"这个谜底跟《圣经》有关。"他说，"是一样你们经常会查阅的东西。"他继续说道，"这个东西可以帮助我们更好地理解圣徒保罗。"他继续逗大家，"别告诉我你们都猜不出来啊！"

可是大家确实绞尽脑汁也想不出答案，最后爸爸告诉大家谜底是《使徒行传》的注释者。他的话音刚落，大家都大笑着鼓起掌来，劳拉心里感到又高兴又骄傲。

回家的路上，劳拉听到布莱德利说："我们得想点什么主题出来，不能老让英格斯抢了风头啊！"杰拉尔德也用他那浓重的英国腔调说道："依我看，搞个音乐会就不错，你觉得怎么样？"

就这样，下周五文艺集会的主题就是音乐了。爸爸拉小提琴，杰拉尔德拉手风琴，教室里回荡着一曲曲动人的音符，观众们都深深地陶醉其中。每当他们一曲奏完，教室里就爆发出越来越热烈的掌声。

那个夜晚真是太美妙了。整个镇子都沸腾了起来，人们都驾车从宅地赶过来参加这次文艺集会。镇上的男人们都准备大显身手，筹办一场华丽的音乐晚会。为此，他们做足了准备，还把布莱德利夫人的台式风琴也借来了。

那个礼拜五，大家用被子和马毯把风琴裹得结结实实，然后架到福斯特家的牛车上，小心翼翼地抬到了教室。这个风琴非常漂亮，外面的木头都光滑闪亮，脚踏板上专门垫了一块小毯子，上面有一个越往上越尖的小柱子，柱子上面还有一个小架子，放着一面钻石形状的镜子。乐谱架也是木制的，雕刻着精致的花纹，从架子的空隙中可以看到后面盖着一块红布，两边专门设有放置煤油灯的地方。

大家把讲桌挪到了一边，把风琴放在讲台上。克鲁特老师在黑板上写下了今晚的节目表，有风琴独奏，风琴小提琴的二重奏，风琴伴奏四重唱、二重唱和独唱。布莱德利夫人唱了一首歌：

> 飞逝的过去的时光啊，
> 能不能再倒转，
> 让我再重新做一次孩子吧，
> 哪怕就今晚。

听着这首伤感的歌曲，劳拉想起那些一去不复返的时光，感到有些哽咽。妈妈掏出手帕，还没来得及擦，一颗晶莹的泪珠已经顺着脸颊落了下来。所有的女人都在抹眼泪。男人们也都忍不住咳嗽几下，时不时吸一下鼻子，来掩饰内心的情绪。

大家都觉得再也不会有什么事情比今晚这首歌更让人激动的了。不过爸爸神秘地说："你们等着吧，还有更激动的事情呢。"

这么多快乐似乎还不够呢，教堂的屋顶终于建好了，现在每周可以去做两次礼拜，而且还有主日学校呢。

这个教堂真不错，虽然因为是刚建的，里面还显得有些粗糙，比如钟楼上还没有钟，木板墙壁还没有做最后处理。外面的墙壁还没有经过风吹日晒变成灰色，里面也到处是赤裸的木板和立柱。讲道坛和两边有扶手的长椅也都是刚做好的，还保持着原来的颜色，散发着好闻的新木味道。

教堂大门外有一个小小的入口，虽然不大，但也足够人们在进入教堂之前整理一下被风吹得凌乱的衣服。布莱德利夫人慷慨地把她的风琴借给了教堂，这样唱赞美诗的时候就有了风琴优美的伴奏。

劳拉甚至开始喜欢听布朗牧师布道了。虽然她听不懂他都说了些什么，但是布朗牧师和历史课本里的约翰·布朗太像了，简直就是从课本里走出来的。他瞪大双眼，说起话来胡子一跳一跳的，两只大手不断地挥舞着，偶尔握成拳头在讲道坛上敲几下，仿佛连空气都震动起来。劳拉在心里默默更改着布朗牧师话语的语法，一个人乐此不疲。她并不需要去用心记住这些布道，因为到家爸爸只会要求她和卡莉把正文部分正确背诵出来就好了。随后，布道结束了，大家继续唱起了赞美诗。

最优美的赞美诗莫过于第十八首了。随着风琴奏出第一个音符，大家都齐声唱道：

　　　　我们手持拐杖，前行在路上，

　　　　穿行在陌生土地的沙漠和荒野，

　　　　但我们信念坚定，充满希望，

　　　　《神圣古道》是我们朝圣者的歌唱。

　　接着，大家都放开声音唱起了和声，歌声盖过了风琴的声音，回荡在教堂里：

　　　　这是先辈们走过的神圣古道，

　　　　这是生命之路，通往上帝的殿堂，

　　　　这是通往光明的唯一之路，

　　　　我们踏上神圣古道，回到家园。

　　现在礼拜天早上要去上主日学校，要做礼拜，中午吃完一顿丰盛的午餐，晚上还要去教堂再做一次礼拜，这样一来礼拜天总是过得飞快。然后就到了礼拜一，又要去上学，不过这个时候就开始期待礼拜五晚上的文艺集会了，然后礼拜六一天大家都在讨论集会上发生的事，也很快就过去了，接下来就又到了礼拜天了。

　　这一切似乎还不够，妇女互助会又开始策划感恩节晚会了，晚会上募集的资金将全部捐给教堂。这是一次新英格兰式的晚餐会。劳拉放学就赶紧跑回家帮妈妈把爸爸去年夏天种下的最大的南瓜削皮、切成片，炖成汤。她还仔细挑选了一大碗小白豆洗干净。妈妈准备做一个超级大的南瓜馅饼，还有满满一牛奶盘的烘豆子，带到新英格兰晚餐会上跟大家分享。

感恩节那天，学校放假，劳拉不用去上学。中午也没有吃感恩节大餐。这一天过得有些奇怪，好像什么事情也没有做，只在眼巴巴地望着南瓜派和豆子等着晚上的到来。下午的时候，大家轮流在厨房的洗衣盆里面洗了个澡，大白天洗澡真是有点不适应，况且又是个礼拜四。

然后劳拉仔细地刷干净自己上学时候穿的那件裙子，又仔细地梳了梳头发，把辫子编好，刘海重新烫卷。妈妈也穿上了很好的衣服，爸爸把胡须剃干净，穿上了做礼拜穿的正装。

天色终于暗了下来，大家都饿得迫不及待地想要吃晚餐了。妈妈用一块棕色的包装纸和一块披巾把一大盘白豆仔细地包裹起来，免得走到晚餐会都凉了。而劳拉则先给格蕾丝裹上外衣，然后自己也披上了外衣戴上了兜帽。爸爸拿着裹好的白豆，妈妈双手捧着在方形烘烤盘上面烤出来的超级大的南瓜馅饼，劳拉一手跟卡莉抬着一篮子空盘子，一手拉着格蕾丝。

就这样，一家人朝着晚餐会出发了。他们经过福勒家店铺的时候，看到后面空地对面的教堂里已经是一片灯火辉煌的场景了。教堂外面已经聚集了各种各样的马车，人们正络绎不绝地走进昏黄灯光下的教堂入口。

教堂里面所有的壁灯都点亮了，玻璃碟子里的煤油装得满满的，灯光照在玻璃灯罩后面的白锡反光板上，反射出耀眼的光亮。所有的长椅都靠墙摆放着，中间腾出的空地上放着两张长桌子，桌子上盖着雪白的桌布。

"哎，你们看！"卡莉大叫。

有那么一会儿，劳拉愣在了那里。就连爸爸和妈妈也差点愣住了，不过他们是成年人，懂得如何隐藏自己的情绪，一个成年人是不会从自己的声音和举止里面透露出自己的情绪的。所以，劳拉现在只是静静地看着眼前的一切，温柔地对格蕾丝"嘘"了一声，虽然她内心其实跟卡莉一样激动得不得了。

桌子中间，放着一只烤全猪，猪皮已经烤成棕黄色，而猪嘴里面还放着一个漂亮的红苹果。

烤猪肉的香味混合着满桌好吃食物的香味扑鼻而来，真是让人垂涎欲滴。

劳拉和卡莉从来没有见过这么丰盛的食物，桌子上都快摆不下了。一碟碟土豆泥、萝卜泥和黄瓜泥堆在桌子上，中间都挖了一个小洞，里面倒上了黄油，黄油就这样从顶部流向四周。

还有一大碗用水泡软又跟奶油一起煮熟的干玉米。有摞得高高的金黄色的玉米面包、白面包片和棕色全麦坚果面包。有腌黄瓜、腌甜菜根，还有腌青番茄，高脚玻璃碗里装着满满的红色番茄酱和野樱桃果冻。两张桌子上还各放了一大碟子鸡肉馅饼，一缕缕热气从酥皮的裂缝里面往外冒。

当然最值得称赞的还是那只烤全猪，它的身体用四根短木棒支撑着，放在一个装满了烤苹果的盘子里，看起来就好像还有呼吸一样。而且别提有多香了！比起那棕色焦皮散发出的肉香，桌上所有食物的香味都相形见绌。劳拉有太久没有闻到过这样的香味了。

大家都已经围桌而坐，不断地往自己的盘子里夹着食物，互相传着盘子，一边吃一边说笑。现在，烤猪外面那层焦皮已经从一边撕开，露出里面热腾腾的白肉，真是让人无比满足。

"这头猪有多重啊？"劳拉听到一个男人问道，那个男人正准备再添一点肉呢。而正切着猪肉的那个人回答道："不好说，去掉内脏加工好之后差不多还有四十磅呢！"

桌子旁边座无虚席，丁汉姆夫人和布莱德利夫人围着桌子跑来跑去，忙着从背后往大家杯子里添茶、添咖啡。还有几个女人忙着把大家用过的盘子换下来，换成干净的盘子。只要有人吃完起身，立马就有人坐了上来，虽然在这里吃一顿要花五毛钱，可是大家很愿意花这个钱。教堂里面人山人海，还有更多的人从外面接踵而至。

这一切对劳拉来说都很新鲜。她一时间感觉有点不知所措，不知道接下来该做点什么。后来她看到艾达正在角落里一个桌子旁边洗着盘子，忙得不亦乐乎，而妈妈正在饭桌那边忙得团团转，劳拉就过去帮艾达刷碗去了。

"你没带围裙过来啊？"艾达说，"那你用别针把这个毛巾别在衣服上吧，免得脏水溅到你衣服上。"艾达毕竟是在牧师家庭长大的，早已经习惯了在教堂做事。她把袖管卷得高高的，身上围着一个大大的围裙，一边洗着盘子，一边笑着跟劳拉聊天，而且洗的速度很快。劳拉也加快了速度。

"天啊，今晚的晚餐会举办得真是太成功了！"艾达高兴地说，"来了这么多人，真是超乎想象！"

"是啊！"劳拉表示同意。不过她接着又小声说了句："不知道最后还会不会剩点什么给我们吃。"

"当然会啊！"艾达非常确定地回答。然后她又压低声音对劳拉说："布朗太太早就想到这一点了，所以她偷偷留了两块最好吃的馅饼还有一层蛋糕。"

可是劳拉对那些水果馅饼和蛋糕并不感兴趣，她倒是希望等自己去吃的时候那头烤猪还能剩下点。

又有人离开了，爸爸找了位子让卡莉和格蕾丝坐下来，自己也坐了下来。劳拉朝着桌子那边瞥了一眼，看到他们正开心地美餐着呢，而她还是继续洗着盘子。劳拉用最快的速度洗着盘子，可是干净盘子很快就被用光了，而换下来的脏碟子仿佛摞起来得更快。

"这边人手也不够了。"艾达高兴地说。谁都没想到会来这么多人，妈妈和其他女人们忙着来回跑，都恨不得能插上翅膀。劳拉觉得越来越饿了，而且也越来越不抱希望能剩下什么吃的了。不过她还是认真地洗着盘子，她不会把这些活儿留给艾达一个人做的。

又过了好长时间，桌子旁边的人才少了点。现在只有妇女互助会的成员们，还有艾达和劳拉还空着肚子。她们又洗完一批盘子、杯子、刀叉和勺子，擦干净给最后一批客人换下来，才终于能坐下来吃点东西了。那头烤猪已经是骨头摞骨头了，不过劳拉很开心地发现，下面还有很多肉呢，而且还有几块鸡肉馅饼剩在盘子里。布朗夫人又默默从后面端出了事先留好的蛋糕和馅饼。

劳拉和艾达吃着剩下的东西，而女人们一边互相恭维着对方的厨艺，一边赞叹着这次晚餐会的巨大成功。靠墙的长椅上也挤满了人，他们都在互相谈论着，而男人们都站在壁炉旁边聊着天。

最后，大家吃完以后把桌子彻底收拾了一下，劳拉和艾达又去洗盘子了，女人们把那剩菜归归类，能带回家的都包起来放在篮子里带回家了。妈妈做的南瓜馅饼和白豆一口也没有剩下，这真是对妈妈厨艺的莫大肯定。艾达把烤盘和牛奶盘洗干净，劳拉用抹布擦干，妈妈接过来放进了篮子里。

布莱德利夫人奏起了风琴，爸爸和几个人唱起歌来，格蕾丝却已经进入了梦乡。现在到了该回家的时候了。

"你今天肯定很累吧，卡罗琳。"在回家的路上，爸爸说道。爸爸抱着格蕾丝，妈妈提着提灯领路，劳拉和卡莉拖着一篮子碟子走在最后面。"不过你们妇女互助会今天办的这个联谊会太成功了！"

"确实是要累死了。"妈妈回答。劳拉觉得妈妈往日温柔的声音此刻竟然有些尖锐。"而且这不是什么联谊会，是新英格兰晚餐会。"

爸爸没再说什么。等他们回到家，爸爸把门锁上的时候，时钟已经指向十一点了。明天还要去上学呢，不过晚上又要举办礼拜五的文艺集会了。

这次文艺集会的主题是一场辩论赛，论题是"林肯和华盛顿谁更伟大"。劳拉迫不及待地想听一听这场辩论，因为这次正方辩手是巴尔内斯律师，他的论点往往都很犀利。

"这次辩论肯定很有教育意义。"劳拉一边准备跟妈妈一起出门，一边说道。不过她的内心也进行了一场辩论，因为她知道她应该好好在家学习的。如果去参加的话，这个礼拜就有两个晚上没有学习了。不过幸好圣诞节会放几天假，圣诞节后就是新的学期了，她可以利用那几天假期把落下的功课好好补一补。

妈妈已经用一个箱子给玛丽寄去了圣诞节礼物，里面仔细叠放着劳拉用雪白柔软的羊毛织成的薄头巾，那头巾那么轻盈，就像窗外飘落的大片雪花一样。妈妈还放了她用上好的白色缝纫线勾出的蕾丝领子，还有卡莉用上等薄细麻做的六张手帕。其中三张缝上了好看的机制窄花边，另外三张就简单地锁了边。格蕾丝还太小，不能亲自做圣诞礼物，不过她把零花钱节约下来买了一尺缎带，妈妈把它做成了蝴蝶结，可以让玛丽别在那个白色蕾丝领子中间。然后每个人都写了一封长长的信，跟圣诞节礼物放在一起，爸爸最后在箱子里放进去五块钱钞票。

"她可以买点需要的小东西。"爸爸说。玛丽的老师给她们写过信，信上大大地表扬了玛丽一番。信上还说，如果玛丽出钱买串珠的话，就可以寄回家一件她的串珠作品。除此之外，她还需要一个特殊的写字石板，之后还可能需要另一种特殊的写字石板，这样以后就可以教她学习写盲人点字法，这种字体盲人用手指摸一摸，就能摸出来上面的内容。

"玛丽肯定会知道我们过圣诞节的时候都想着她呢。"妈妈说。大家都很高兴，因为圣诞节的箱子现在正在运送的路上呢。

不过还是这样，玛丽不在家，那圣诞节也不像圣诞节了。吃完早餐，大家打开各自的圣诞礼物的时候，只有格蕾丝还是非常高兴的。格蕾丝的礼物是一个仿真娃娃，头和手是瓷的，布制的双脚上缝着一双黑色拖鞋。爸爸还用香烟盒子和铁丝做了一个小摇篮，妈妈做了小小的床单、枕头还有拼缝被子，给娃娃穿上了小睡衣和小睡帽。格蕾丝高兴得不得了。

劳拉和卡莉给妈妈买了一个德国银顶针，给爸爸买了根蓝色丝绸领带。而劳拉的礼物果然是那本蓝色封皮金色烫金字的书——《丁尼生诗集》。爸爸和妈妈一点也没料到，劳拉现在看到这本书已经没有什么惊喜了。他们也从爱荷华州给卡莉带回来一本书，事先也是藏起来的。书的名字叫做《荒原的故事》。

圣诞节的所有礼物就这些了。吃完早饭，劳拉才最终坐下来继续读那首《食莲者》，不过读完以后她有些失望。因为那片时光似乎定格在午后的岛屿上，那些水手其实也不怎么好。他们似乎觉得他们天生就应该居住在这片神奇的土地上，就开始无所事事、怨天尤人。他们一想到要振作的时候，只是在哭诉："为什么我们总在与海浪做斗争？为什么！"看到这里，劳拉感觉很愤怒，难道这不是作为水手的最基本职责吗？可是他们呢，总是幻想着能够躺在那里什么都不用做。劳拉啪的一声把书合上了。

她知道这本书里肯定不乏美丽的诗篇，可是她是那么想念玛丽，根本无心继续读下去了。

然后爸爸从邮局急匆匆地赶回来了，他手里拿着一封信，字写得很奇怪，不过他们看了看落款，居然是玛丽！信里写道，她是把信纸放在一个有凹槽的金属写字板上面，然后通过感受上面的凹槽来用铅笔写出了那些字。这一封信真是送给大家的最好的圣诞礼物！

玛丽还写到，她很喜欢学校里的时光，而且老师说她功课不错。她现在已经开始学习写盲文了，她很希望能跟大家一起过圣诞节，知道大家都很想念她，她也非常想念大家。

读完玛丽的信之后，这一天就这样悄悄地过去了。劳拉突然说了一句："要是玛丽在家，肯定会很喜欢文艺集会。"

然后她突然意识到，一切的一切都在迅速地变化着。而玛丽还要六年才能回家来，到那个时候，估计以前的一切都已经起了翻天覆地的变化了吧。

两个学期中间的这些日子里，劳拉压根没有学习。她还没来得及喘口气，一月就已经过去了。那个冬天如此温和，学校一天课也没有停。而文艺集会在每个周五准时举行，而且越来越有意思了。

有一次，加利夫人要办一场蜡像人表演。方圆几英里的人都赶过来了。所有的拴马桩都拴满了各种各样的马和马车。棕色摩根马也在那里，身上盖着一张带扣子的干净毯子。阿曼佐和凯普都在拥挤的教室里。

讲台前面用白色床单做了一个布帘，布帘拉开的一瞬间，大家都看呆了。只见一排蜡像人沿着墙边从讲台这头一直摆到了那头，每一个都跟真人一般大小。

至少，这些蜡像人看起来好像真的全是用蜡做的一样。

他们的脸像蜡一样白，只有眉毛画成了黑色，嘴唇画成了红色。他们的身上都穿着白色衣服，每个蜡像人都站在那里像个雕像一样一动不动。

大家盯着蜡像人看了好大一会儿后，加利夫人从幕后走了出来。大家都不知道加利夫人是谁。她穿着一件黑色拖地长裙，戴着一顶勺形软帽，手里拿着老师用的长教鞭。

她用低沉的声音说道：“乔治·华盛顿，我命令你，活过来！”她用教鞭点了点其中一个蜡像人。

那个蜡像人真的动起来了！他的动作僵硬、幅度很小，一只蜡手从白色衣服里伸出来，抬上去，手里拿着一个短柄小斧，就那样握着斧头上上下下做着砍柴的动作。

加利夫人挨个喊了每个蜡像人的名字，每个都用教鞭碰了碰，现在所有的蜡像人都机械地动了起来。丹尼尔·布恩手里拿着枪一会儿伸出来，一会儿放下来；伊丽莎白女王一会儿戴上高高的银王冠，一会儿又拿下来；沃尔特·雷利则僵硬地将一根烟斗放在一动不动的嘴唇上，一会儿又挪开了。

那些蜡像人都在动。他们一直机械地用蜡像人的方式重复着各自的动作，人们根本无法想象他们是活人装扮的。

当最后幕布拉起来的时候，大家都长长地呼了一口气，然后爆发出震耳欲聋的掌声。现在，那些蜡像人都真的活过来了，他们来到幕前，而大家的掌声越来越响亮了。加利夫人把软帽拿下来，没想到竟然是杰拉尔德·福勒！伊丽莎白女王也拿下了王冠和假发，原来是布莱德利夫人。所有人都鼓掌欢呼，似乎永远也停不下来了。

"今晚的表演真是再精彩不过了！"回家的路上，妈妈说道。

"这可不好说。"爸爸故意卖关子，"现在整个镇子的人可都跃跃欲试呢！"

第二天，玛丽·帕沃来找劳拉，下午她们一起讨论起昨天的蜡像人表演。晚上，劳拉刚坐下来准备学习，就已经哈欠连天了。

"我还是去睡觉吧。"她说，"真是太困——"还没说完，她又打了一个大大的哈欠。

"那你这周就有两天晚上没学习了。"妈妈说，"明天晚上还得去教堂做礼拜。最近大家好像都被卷进了欢乐漩涡里，我看——啊，外面是不是有人在敲门？"

敲门声还在响。妈妈走过去开了门。是查理过来了，不过他没有进屋，只是把一个信封递给了妈妈，然后妈妈就关上了门。

"是你的信，劳拉。"她说。

卡莉和格蕾丝都瞪大眼睛，充满了好奇。劳拉看了看信封外面的地址，而爸爸妈妈在旁边迫不及待地等着。"达科塔德斯梅特劳拉·英格斯小姐收。"

"这到底是什么信呢？"她有些纳闷。她用发卡小心地撕开信封，取出一张折叠起来的金边信纸。她打开，大声读了起来：

本·伍德沃斯

诚挚地邀请您

于 1 月 28 日晚上八点

光临寒舍

参加晚宴

劳拉一下子软软地坐在椅子上，就像有时候妈妈那样。妈妈从劳拉手里接过请柬，又读了一遍。

"就是个派对，"妈妈说，"晚餐派对。"

"哎呀，劳拉，有人邀请你参加派对啦！"卡莉激动地说。然后又问道："派对是什么样的啊？"

"我也不知道。"劳拉说，"天哪，妈妈，我该怎么办？我以前没参加过派对啊！不知道有什么礼节没有？"

"那些基本礼节你都是知道的呀！"妈妈回答，"只要举止得体就可以啦，你以前出去怎么做就怎么做好啦。"

妈妈说得没错，不过劳拉心里还是有些紧张。

生日派对

接下来的一整个礼拜，劳拉都想着派对的事情。她是既想去又不想去。很久以前有一次，她还是个小孩子的时候，去过内莉家的派对，不过那个派对也是小孩子的派对。这个肯定是不一样的。

在学校里，亚瑟偷偷告诉明妮这次派对是给本庆祝生日的，艾达和玛丽很激动。不过出于礼貌，他们在课间休息的时候都只字未提，因为内莉也在旁边，而她没有收到请柬。而且，即便收到了，她也去不了，因为她住在乡下。

派对那天晚上，劳拉早早穿好衣服，七点钟就已经准备好了。玛丽会过来找她一起到火车站去，不过她还要再过半个小时才会过来。

于是劳拉继续开始读她最喜欢的一首丁尼生的诗：

> 到花园来吧，莫德，
> 夜的黑幕已经拉开。
> 到花园来吧，莫德，
> 我独自在门口徘徊。

忍冬香味扑鼻而来，

玫瑰花香四处弥漫。

　　她现在已经坐立不安了。她又对着梳妆镜看了看。她多么希望自己再高一点，再瘦一点，真希望镜子里的自己是一个高高瘦瘦的女孩。可是镜子里只是一个矮矮胖胖的女孩，穿着一身做礼拜时候穿的最好的蓝色羊绒裙子。

　　至少，这是一件正适合少女的衣裙，裙摆很长，已经把带扣靴子的顶端遮住了。裙子后面的褶皱很多，所以显得很蓬松。紧身上衣穿在身上非常服帖，前面还有一排绿色的小扣子。裙摆在腰部以三角形散开，上衣下边和三角形裙摆上面都缝着蓝色、金色和绿色相间的格纹花边，腰部和袖口也都缝着格纹的花边。裙子的立领也是格子布做的，里面缝着一圈白色蕾丝边，妈妈还把珍珠贝壳做的大头针借给劳拉，卡在下巴下面，将两边的领口固定在一起。

　　穿上这件衣服，劳拉简直挑不出任何毛病。可是，天哪！她多么希望自己可以像内莉那样，又高又瘦。她的腰像是一棵小树一样，没有丝毫曲线感，手臂虽然很长，但也是圆滚滚的，而那双小手也胖乎乎，看起来很能干的样子。

　　就连镜子里的脸也是又大又圆。下巴的曲线圆圆的，嘴唇也是肉嘟嘟的。鼻子倒还算看得过去，可是鼻尖微微翘起，就不是漂亮的希腊鼻了。劳拉还觉得自己的双眼之间间距太大，而且没有爸爸的眼睛蓝。她的眼睛瞪得大大的，充满了焦虑，看起来也很没有神。

　　前额上则是一排卷卷的齐刘海。唯一让她欣慰的是，自己的头发虽然不是金色的，但至少又长又密。她把头发梳到后面盘成一个大大的发髻，把整个后脑勺都盖住了。这个发髻让她觉得自己已经长大了。她微微把头转向一边，看着自己顺滑的棕色头发在灯光下闪闪发亮。然后她突然意识到，自己这样看着自己的头发，似乎有点太自傲了。

于是她走到了窗前。玛丽还没有来。劳拉一想到那个派对就一阵紧张，觉得自己根本不敢去。

"坐下来，慢慢等吧，劳拉。"妈妈劝慰她。就在这时候，劳拉看到了玛丽的身影，于是赶紧兴奋地披上外套，戴上兜帽。

她和玛丽一起沿着主街走到头，然后沿着铁轨走向火车站，一路上都没有说话。伍德沃斯一家就住在火车站里。楼上的窗户里面已经一片灯火通明。楼下的电报局也点了一盏煤油灯，本的哥哥吉姆还在里面工作呢。吉姆是个电报员，发电报的啪嗒啪嗒声回响在雾蒙蒙的夜色里。

"我们应该直接到候车室吧。"玛丽说，"是先敲敲门，还是直接过去呢？"

"我也不知道。"劳拉坦白地说。不过，她心里奇妙地不再感觉那么紧张了，因为玛丽跟她一样，不太确定该怎么做。她依然感觉有点喘不过气，双手有点发抖。虽然候车室是个公共场所，但是现在门是关着的，而且里面正在办派对。

玛丽犹豫了一下，敲了敲门。虽然没怎么用力，那声音还是把她们两个都吓了一跳。

没有人过来开门。劳拉鼓起勇气说："我们直接进去吧！"

她一边说着，一边把手伸向了门把，就在这时，本突然把门打开了。

劳拉心里非常紧张，本对她们说晚上好的时候，她都没有回应他。

本穿着做礼拜时穿的正装和白色硬领，光泽的头发梳得很整齐。见她们没反应，他又说了句："妈妈在楼上呢。"

她们跟着他穿过了候车室，来到楼上，看见本的妈妈正在一个小厅里等着迎接她们。她比劳拉个头还要矮，而且还要更胖，不过穿了一身柔软的灰色薄裙子，领口和袖口都缝着雪白雪白的花边，看起来十分优雅。她非常友好热情，劳拉立马觉得舒服多了。

她们来到她的卧室里，脱下了外套。她的卧室里跟伍德沃斯的一样讲究，床上铺着雪白的针织床单和带花边的枕套，她们都不敢把外套放在那么干净漂亮的床上了。窗户上面带褶边的白色薄棉布窗帘分别拉到了两边，还有一张小圆桌，上面铺着一层针织蕾丝桌布，压在煤油灯下面。衣柜上面也盖着同样的布，就连穿衣镜的架子上面，都挂着白色蕾丝布。

玛丽和劳拉朝着穿衣镜照了照，用手指把被帽子压得贴在额头的刘海弄蓬松。这时，伍德沃斯夫人说道："等你们打扮好了，就来客厅吧。"

艾达、明妮、亚瑟、凯普还有本都已经在客厅了。伍德沃斯夫人微笑着说："一会儿等吉姆忙完了到这里来，咱们派对的人就到齐了。"然后她坐下来，愉快地跟大家聊天。

昏黄的煤油灯光给客厅增添了温馨的色彩。壁炉里的柴火把整个屋子烤得非常暖和舒适。窗户上挂着暗红色的窗帘，椅子都从墙边搬到了壁炉旁边，炉子上云母玻璃里面透出炭火的火光。中间放着一张大理石桌子，上面放着一本绒面相册，旁边稍矮一点的架子上，还放着其他几本书。劳拉很想拿过来看看，不过这样似乎有点怠慢了伍德沃斯夫人，有点不礼貌。

　　过了一会儿，伍德沃斯夫人跟大家打了声招呼，就到厨房去了。突然间，大家都不知道说什么好了。劳拉觉得她应该说点什么缓解一下气氛，不过她也想不出什么话题来。她一会儿觉得自己的脚太大了，一会儿又不知道双手该往哪里放。

　　透过门口，她看到一张盖着白色桌布的长桌子。天花板上用铁丝挂起来一盏煤油灯，奶白色的灯罩边缘悬挂着一圈闪亮的玻璃吊坠。在灯光的照耀下，桌子上的瓷器和银器闪闪发光。

　　简直太美了，可是劳拉还是得规规矩矩地坐着，她把双脚又往后挪了挪，用裙子盖住。她望着其他女孩儿，觉得自己真的应该说点什么了，因为别人都不会起这个头。可是要打破这种沉默，对她来说也是有难度的。她心想，这派对也跟联谊会差不多，都让人不太舒服，这样想着，她的心也跟着沉下去了。

　　然后她听到有人上楼的脚步声，是吉姆一阵风似的上来了。他扫视了一圈，故作严肃地问道："你们这是在开什么沉默的宗教会议吗？"

　　大家都被他逗笑了。就这样，大家就说起话来了。不过一直能听到隔壁房间伍德沃斯夫人在桌子上移动瓷餐具的叮当声。吉姆不拘礼节地朝着隔壁大喊："妈，晚饭好了没有？"

　　"好了好了！"伍德沃斯夫人从隔壁喊道，"大家快来餐厅吃饭吧！"

　　就好像伍德沃斯家那间房子是专门用来吃饭一样。

　　桌子旁边一共布置了八个位置，每一个盘子里面都放着一小碟热腾腾的牡蛎汤，本坐在桌子最前面，吉姆坐在最后面。伍德沃斯夫人告诉其他人该坐在什么位置，还说自己就是给大家服务的。

　　现在，劳拉的双脚挡在桌子下面，双手也有事情可以做了，就不再那么羞怯了，而且还感到很高兴。

桌子正中央，摆着一个银制的调味瓶架子，里面放着几个精致的雕花玻璃瓶子，分别盛着醋、芥末和辣椒酱。还有两个稍微高点的瓶子，瓶口都是小孔，里面装着盐和胡椒粉。每一个餐盘都是用白色陶瓷做的，边缘印着一圈五颜六色的小花。餐盘旁边放着折叠起来的餐巾，好像一个刚刚开放的大花朵。

最不可思议的是，每个盘子前面都放着一个橙子，关键在于，橙子也都刻成了花朵的模样！橙子皮从顶部往下切成一瓣瓣，从上往下拨开，每一片都往下卷曲着，就好像是一片片橘红色的花瓣。花瓣里面含着裹着白皮的新鲜果肉。

单单是牡蛎汤就已经可以应付一场派对了，可是接下来还有各种好吃的东西呢！伍德沃斯夫人先是端上来一碗牡蛎做的小圆饼干。等大家把牡蛎汤都喝得一滴不剩之后，她把大家的盘子撤下去，又端上来一大盘堆得高高的土豆小馅饼，这些馅饼是把土豆捣碎做成土豆泥，压成圆饼，再放在油锅里炸出来的，每一个都金灿灿的。然后还有一满盘刚出锅的棕色奶油鳕鱼丸子，一盘热乎乎的小面包。她把黄油盛在一个圆玻璃盘子里，轮流传给每一个人。

伍德沃斯夫人的服务非常热情周到，还上了两次菜。最后还给大家每人端了一杯咖啡，又拿了奶油和糖供大家选用。

等大家都吃完了，伍德沃斯夫人把桌子收拾干净，端上来一个生日蛋糕，上面洒了一层白糖。她把蛋糕放在本的面前，又拿了一叠小盘子。本起身切开了蛋糕，给每个盘子里都放了一块，伍德沃斯夫人又摆在每个人面前。大家都等着本切好最后一块给自己。

劳拉对面前那个橙子很好奇。要是这橙子是拿来吃的，她不知道到底该什么时候吃，又该怎么吃。这橙子弄得这么好看，吃了真是可惜。不过，她以前吃过一点点橙子，所以知道橙子是非常好吃的。

大家都开始吃蛋糕，可是没有人去碰那个橙子。劳拉心想，也许那橙子是留给客人带回家的。或许她可以把那个橙子带回家，然后跟爸爸妈妈、卡莉和格蕾丝一起分享。

然后大家看到本拿起了他面前的橙子，他把橙子小心地放在盘子里，剥掉外面花瓣一样的橙子皮，把橙子分成一瓣一瓣的。他拿起一瓣咬了一口，然后又咬了一口蛋糕。

劳拉望着自己的橙子，大家也和劳拉一样望着自己的橙子。然后大家都学着本的样子把橙子剥开，分成小瓣，就着蛋糕一起吃。

晚餐结束后，橙子皮都在每个人的碟子里整齐地摆放着。劳拉拿起餐巾优雅地轻轻擦了擦嘴，然后叠了起来，其他女孩也都照着这么做。

"现在咱们下楼玩点游戏吧！"本提议。

大家都从座位上站了起来，这时候劳拉小声问玛丽："咱们是不是要帮忙收拾收拾啊？"玛丽还没来得及回答，劳拉就直接问了出来："伍德沃斯夫人，要不我们先帮您把盘子刷了吧！"伍德沃斯夫人说道："谢谢你们啦，跟大家下楼好好玩吧！这些你们就别管啦！"

楼下候车室很宽敞，在很多盏壁灯的照耀下，也显得格外地明亮，而且暖炉把周围烤得那么温暖。这里空地足够大，玩什么大幅度的游戏都没问题。他们先是玩起了丢手绢，然后还玩了捉迷藏。最后大家累得气喘吁吁，都坐在长椅上休息，吉姆又有了个新点子："我知道一个游戏，大家肯定都没玩过！"

大家都很好奇，想知道到底是什么游戏。

"好吧，我都不知道这游戏有没有名字，新游戏嘛。"吉姆回答道，"你们都到我办公室来吧，我来展示给你们看怎么玩。"

吉姆的办公室太小了，大家好不容易才按照吉姆说的那样围着工作台站成一个半圆，吉姆站在一头，本站在另一头。然后吉姆让大家手拉手。

"现在站着不要动。"他告诉大家。于是大家都一动不动地站在那里，好奇地等待着接下来该怎么做。

突然，劳拉感到一阵灼热的刺痛感穿过自己的身体；大家拉起来的手都一阵痉挛。女孩子们吓得都尖叫起来，男孩子们也都大喊起来。

劳拉也被吓呆了，不过她没有叫也没有动。

大家都激动地问："这是什么东西？是什么东西啊？你做了什么，吉姆？你是怎么做到的？"凯普则说道："我知道那是你弄的电流，吉姆，不过你是怎么弄的？"

吉姆只是大笑着问劳拉："劳拉，你有什么感觉吗？"

"当然有啊，我感觉到了。"劳拉回答。

"那你怎么没叫呢？"吉姆想知道原因。

"叫了又有什么用呢？"劳拉反问道。吉姆不知道该怎么回答了。

"不过这是什么东西？"她和大家一样追问着，而吉姆只能说："谁知道呢！"

爸爸也曾经说过，没人知道电流是怎么回事。本杰明·富兰克林在雷电中发现了电，可是没人知道雷电又是什么。现在有人制作出了电报，但还是没人知道电流到底是什么。

大家盯着工作台上面那架小小的黄铜机器，都感到有些纳闷，这么一架机器是怎么把那些滴滴答答的信息用那么快的速度传送到那么远的地方呢？吉姆又敲了一下键盘："现在那声音已经传到圣保罗了。"

"就现在？"明妮觉得有些难以置信。不过吉姆坚定地说："就现在。"

然后大家都静静地站在那里，仿佛在思考着什么，直到爸爸推门走了进来。

"派对结束了吗？"他问道，"我来接我女儿回家。"现在那个巨大的时钟指针已经指向十点。大家竟然都没有注意到已经这么晚了。

男孩们都回到候车室里穿上自己的外套，戴好帽子。女孩们则又上楼去给伍德沃斯夫人道了谢，说了晚安。女孩子们在昏暗的卧室里一边扣上外套的扣子，把兜帽系紧，一边感叹着："哎呀，今天玩得真是太开心了！"这个曾经很惧怕的派对终于结束了，劳拉反倒希望时间过得再慢一点。

布朗牧师也来到楼下接艾达回家了，劳拉和玛丽则和爸爸一起回家了。

劳拉和爸爸到家的时候，妈妈还没有睡，一直在等他们回来。

"今天肯定玩得很开心吧！从你眼神里就能看出来。"妈妈微笑着对劳拉说，"赶紧去睡吧，轻点声，卡莉和格蕾丝都已经睡着了。明天你再给我们说说派对的事情。"

"哎呀，妈妈，我们每个人都吃了一整个橙子呢！"劳拉禁不住告诉妈妈，不过其他的事情就等明天再给大家细讲吧。

疯狂的日子

　　派对回来之后，劳拉就没什么心思学习了。那次派对让几个大男孩大女孩建立了愉快的友情。现在一到暴风雪的时候，他们就一起围在壁炉边上，说说笑笑。

　　如果雪停了下来，那就更开心了。他们一起到外面打雪仗。虽然女生们玩起这个就一点淑女的样子也没有了，不过她们确实玩得很开心。外面空气很新鲜，大家玩得身体热乎乎，脸颊红彤彤，直到上课铃响了，才一边说笑着一边气喘吁吁地往回跑，在教室门口跺跺脚，甩甩衣服和帽子上的雪花，回到各自的座位上。

　　劳拉玩得太高兴了，都快忘了要提高成绩这回事了。虽然她在班级里依然遥遥领先，可是已经不再能拿到满分了。她的算术有时候会出错，甚至有时候连历史也会出错。有一次她的算术只考了 93 分。不过她一直觉得明年夏天好好学习的话一切都可以补回来的，不过其实她心里也明白，事实永远像那些诗歌里写的一样：

　　朝朝暮暮，光阴飞逝。

　　每一个珍贵的小时，都包含着钻石一样的分钟。

　　一旦失去了，再也回不来。

　　小男孩们都把自己的圣诞礼物——雪橇带到了学校。有时候那些大男孩也会借过来载着女生们玩。因为没有下坡，今年冬天也没有下过暴风雪，连个雪堆也没有，所以男孩子们只好用劲拉着雪橇。

　　后来凯普和本做了一个手拉式长雪橇，上面可以载四个女孩，需要四个男生在前面拉。课间休息的时候，男生们拉着雪橇，跑得飞快，能一直跑到大草原那边，再跑回来。午间休息的时候，他们跑得就更远了。

　　最后，内莉也实在没法忍受一个人站在窗边看着他们玩了。她以前一直都拒绝出去玩，因为她觉得外面那么冷，风会把她的皮肤吹得粗糙，手也会冻裂的。有天中午，她终于破天荒地说她也要出去坐雪橇。

　　可是那个长雪橇装不下五个人，男生们又不想让原来四个女孩当中的任何一个下去，所以只好试着让五个人都坐上去了。现在，几个女生的腿都伸在外面，裙子也要拢紧，直到连靴子上面的羊毛袜子都露出来了。雪橇就这么出发了。

　　她们的头发和衣服被风吹得很乱，脸也冻得通红，不过她们开心极了，雪橇上不断地传来她们的笑声。男孩子们在前面拉着雪橇，跑到草原上，跑到小镇，绕了一大圈又绕了回来。他们飞一般地从学校前面跑过去，这时候，凯普大喊："咱们到主街上去滑吧！"

　　其他男生都大笑大喊着表示同意，他们跑得更快了。

　　内莉大叫了起来："停下来！快停下来！停下来！听见没有！"

　　艾达也大喊："天啊，不要！"不过她忍不住大笑了起来，劳拉也大笑了起来，因为大家的样子实在是太好笑了，女孩子们的脚都悬空着，无助地摆动着，裙子、头巾、围巾还有头发都在风中零乱地飞舞。内莉越是尖叫，男孩子们就拉得越起劲，雪橇越跑越快了。劳拉心想，他们肯定不会真的到主街上去的，肯定要在上课前掉头回去。

"快停！快停！亚瑟！快停啊！"明妮还在大叫，而玛丽也开始乞求道："求求你们停下来吧！"

劳拉看见那两匹棕色摩根马在拴马桩上拴着，阿曼佐穿着一件皮草大衣，正在解绳子。他听见女孩子们的尖叫声，好奇地转过头想看一看究竟是怎么回事。劳拉突然意识到，这些男孩子就是故意要带着她们从他身边跑过去，还要从主街上各种目光中经过，这可一点都不好玩。

其他女孩子还在疯狂地尖叫着，劳拉用低沉的声音大声说话，他们才听得见。

"凯普！"她喊道，"叫他们停下来吧！玛丽不想到主街上去。"

凯普立马掉了头，其他男孩子都执意要继续往前拉，不过凯普说道："好了，停下来吧。"雪橇终于才转了头。

他们还没走到教室，上课铃就已经响了起来。雪橇停到了教室门口，女孩子们都高高兴兴地下了雪橇，可是内莉却火冒三丈。

"你们这些自以为是的男生！"她怒吼道，"你们——你们这些笨蛋乡巴佬！"

男生们脸上的笑容瞬间凝固了，现在都一言不发地望着内莉。他们虽然满肚子怒火，可是内莉毕竟是个女孩子，也不能对她怎么样。凯普不安地望了玛丽一眼，玛丽朝她笑了笑。

"谢谢你们带我们坐雪橇！"劳拉对男生们说。

"对对，谢谢大家，真是太好玩啦！"艾达也插了一句。

"谢谢啦！"玛丽微笑着看着凯普说道，而凯普的笑容立马照亮了整张脸。

"等课间咱们再去一次吧！"他一边跟着大家朝教室里面走，一边说道。

转眼已是三月份，积雪开始融化，期末考试也越来越临近了。可是劳拉依然没有把心收回来好好学习。现在大家都在讨论冬天的最后一次文艺集会。不过这次主题是保密的，所以大家都在猜想到底是什么内容。就连内莉一家也要赶过来参加了，内莉还说会穿上她的新裙子。

劳拉晚上也没有学习，而是用海绵仔细地把她那件蓝色羊绒裙子擦洗干净，用熨斗熨平，又把蕾丝褶边弄漂亮一点。她一直都希望能有一顶真正的帽子，就不用再戴兜帽了，而妈妈专门给她买了一码半漂亮的棕色天鹅绒布给她做帽子。

"我相信你肯定会好好珍惜这顶帽子的。"妈妈给自己找了个借口，"而且这布料这么好，多戴几个冬天都不成问题。"

所以，现在每到礼拜六，玛丽就和劳拉一起做帽子。玛丽是用深蓝色的布料做，边上还用蓝黑相间的天鹅绒布装饰，这些都是从爸爸不要的口袋上剪下来的。而劳拉就是要用那块漂亮的棕色天鹅绒布做帽子，那块柔软的布料如此光滑，泛着金茶色的光泽。她在那次期待已久的文艺集会上，第一次戴上了这顶帽子。

除了讲桌从讲台上挪了下来，教室里似乎没有做任何准备。来参加的人太多了，一张板凳上挤了三个人，周围也塞满了人，没有留下哪怕一寸插脚的地方。就连讲桌上都站着几个男孩子。布莱德利先生和巴尔内斯律师把人群往后推了推，把中间的过道空出来。大家都有点疑惑不解。外面有个想进来的人突然大叫了一声，大家也都不知道是怎么回事。

然后中间的过道上出现了五个穿着破烂制服的人，衣服上满是补丁，脸都被涂成了黑色，眼圈是白色的，嘴巴涂得又大又红。他们排着队走上了讲台，在讲台上站成一排，面对大家，接着突然齐刷刷地向前跨了一步，唱道：

啊要说起穆里根的护卫队，

这些黑家伙永远不会被打败！

他们又向后退了一步，接着又向前，又向后，就这样来来回回在原地踏着步子。

"啊要说起穆里根的护卫队，

这些黑家伙永远不会被打败！

我们合着节拍昂头大步向前，

快听听我们齐刷刷的脚步吧！

中间的男人在最前面跳起了踢踏舞，其他四个衣着破烂的黑脸人都靠墙站着。一个吹着单簧琴，一个吹着口琴，一个跟着节拍敲着响板，还有一个人拍着手跺着脚。

台下的喝彩声一片连着一片，似乎永远也不会停下来了。大家的脚步都不自觉地跟着节奏动了起来，台上白色眼圈的黑脸人咧嘴笑着，夸张地大步跳着，都已经忘乎所以啦。

大家根本没有时间停下来去思考别的东西。舞步一停下来，黑脸人就开始讲笑话。他们瞪着圆圆的白眼眶眼睛，红色的大嘴里面不停地说出一个又一个笑话，大家都笑得前仰后合。然后音乐又响起来了，他们跳得更起劲了。

最后，五个黑脸人突然从讲台上跳下来，从走廊跑出去了，大家都还激动地大笑着，快喘不过气了。一整个晚上就这么不知不觉地过去了，大家都还沉浸在刚才的表演当中。纽约市最好的黑人说唱团演出也不过如此吧。现在，大家都激动地讨论着，这几个黑脸人到底是谁。

他们都穿着破破烂烂的衣服，脸都涂黑了，根本看不出来到底是谁。劳拉很肯定那个跳踢踏舞的是杰拉尔德·福勒，因为有次劳拉路过他家的五金店的时候，看到他在门前的人行道上跳过吉格舞。而那个手里拿着长长的白色响板，一直跟着节奏拍打的人，如果脸上有胡子，劳

拉就能肯定那个人是爸爸了。

"爸爸应该不会为了这个把胡子剃掉吧，你觉得呢？"她问妈妈。妈妈惊恐地回答："天啊，一定不会的！"然后又补充了一句，"希望没有。"

"爸爸肯定是那五个黑人中的一个，"卡莉说道，"他没在台下看演出。"

"是的，我知道他一直在排练这场黑人剧团演出。"妈妈说着加快了步伐。

"是啊，可是那五个黑人都没有胡子啊，妈妈。"卡莉提醒道。

"我的天啊！"妈妈说道，"天啊！"她刚才完全被那场演出吸引住了，根本没有时间去想这个问题。"他应该不会吧！"妈妈回答卡莉，然后又转头问劳拉，"你觉得呢？"

"我也不知道。"劳拉回答。不过她心里真的觉得爸爸可能会为了这场演出而去把胡子剃掉，不过或许他还有什么别的办法呢。

她们赶紧回到家。爸爸还没有回来。大家都觉得这一刻时间变得如此漫长，最后爸爸终于兴高采烈地回到了家，一进门就迫不及待地问道："大家觉得今天的黑人演出怎么样？"

大家的目光都盯着他的胡子，没错，那长长的棕色胡须还在那里。

"我们当时怎么没看到你的胡子呢？"劳拉大声问道。

爸爸装作很惊讶很摸不着头脑。"怎么了，我的胡子怎么了？"

"查尔斯，你真是快要了我老命啊。"妈妈笑得直不起腰来。不过劳拉靠近了点，发现爸爸眼尾处有一些白色的碎屑，而胡子上还沾了一点黑色的油脂似的东西。

"哈，我知道了！你是先把胡子涂黑，然后又压平，藏在你那个白色高领子里面了。"劳拉揭穿了爸爸的把戏,爸爸也没有否认。他确实是那个拍响板的人。

今晚真是此生难忘啊!妈妈感叹着。那天晚上大家都很晚才睡,一直在谈论着那场演出。这将是今年冬天最后一场文艺集会了,因为春天很快就要来了。

"学校一放假,咱们就搬回宅地去吧。"爸爸说,"大家觉得怎么样?"

"我肯定得回去看看我那菜园里的种子。"妈妈若有所思地说道。

"我也很乐意回去。格蕾丝和我可以再去摘紫罗兰了。"卡莉说,"你呢,格蕾丝?"妈妈正坐在摇椅上,格蕾丝坐在妈妈膝盖上都快要睡着了。她只是勉强睁开一只眼,讷讷地说:"紫罗兰。"

"你怎么想,劳拉?"爸爸问道,"我想你现在可能更喜欢待在镇上了。"

"确实。"劳拉承认,"我真没想到现在会更喜欢待在镇上呢。不过大家都会回到宅地去过夏天的,不然宅地就保不住了。等明年冬天咱们还会再到这边来吧?"

"会的,我觉得会的。"爸爸说。"既然我不会把这个房子租出去,就不如搬过来住了,而且你们两个小丫头上学也安全点。本来今年冬天不搬过来也可以的。不过,我们可猜不到天公怎么想的,我们今年做了充足的准备,却连个暴风雪的影子也没见到。"

爸爸的语气非常滑稽,大家都听笑话似的哈哈大笑起来。

之后,劳拉开始想搬家的事情。温暖的空气里飘来阵阵泥土的清香,劳拉现在更是不怎么想学习了。她知道她能够顺利通过考试,就是可能分数没有以前高罢了。

　　她有时候心里也会过意不去。不过想到即将到来的一整个夏天都见不到艾达、玛丽、明妮还有那些男孩子，那时候再学习也不迟。她在心里默默向自己保证，今年夏天一定好好学习。

　　果然不出所料，她这次考试没有考到满分。历史差了 1 分，算术才得了 92 分。她以前从来没考过这么低的分数，而现在这个结果也没法改变了。

　　然后，她突然意识到，不能再这样自以为是地认为自己不好好学习也能考个好分数了。离过十六岁生日只有十个月了。夏天已经来了，蔚蓝的天空中漂浮着大朵大朵的白云，水牛坑旁的紫罗兰已经盛开，大草原中点缀着一朵朵盛开的野玫瑰，而劳拉只能待在屋子里学习。她只能好好学习了，不然明年春天可能就拿不到教师资格证供姐姐玛丽读书了，她可不想让玛丽退学。

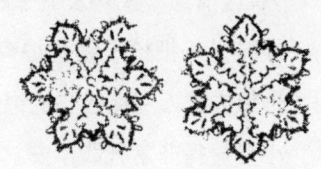

四月里的意外

　　宅地上的小屋已经收拾妥当了。外面积雪已经融化，远远望过去草原上冒出新芽的小草像是一片嫩绿色的雾霭，新犁过的黑色地面在阳光下散发出泥土的清香。

　　那天早上，劳拉学习了两个小时。吃完午饭，收拾好碗碟，她看到自己的写字板和课本仿佛在等待着她开始学习。迎面一阵微风吹过，带来阵阵芬芳，她多么想和卡莉、格蕾丝一起去散步，去享受这春日的美好时光啊！可是她明白，自己得好好待在家里学习。

　　"今天下午我打算去趟镇上。"爸爸一边把帽子戴上，一边说道，"有什么需要我带回来的吗，卡罗琳？"

　　突然，外面的微风有些凉了。劳拉跑到窗边往外看了看，然后喊道："爸，外面起乌云了，可能会有暴风雪！"

　　"不会吧，现在都四月底了啊！"爸爸也转身往外看了看。

　　转眼间，太阳已经不见了踪影，风声越来越大。暴风雪噼里啪啦地砸在小小的屋子上。一团团白色的雪花砸在窗户上，冷空气从缝隙里钻了进来。

"看这情况，我今天下午还是待在家里比较好。"爸爸说。

他拉了一把椅子到壁炉旁坐了下来。"幸好牲口都在马厩里呢，我刚才是想去镇上买点拴马的绳子。"他接着说道。

小猫显得非常狂躁不安。这是它第一次经历暴风雪。它不知道这到底是怎么回事，全身的毛发都竖了起来，发出噼里啪啦的声音。格蕾丝想去抚摸它、安慰它一下，可是她发现无论碰到它身上哪个地方，都会闪现出几点火花，发出啪的一声。现在真是没办法了，只好不再去碰它了。

暴风雨肆虐了三天三夜。爸爸把母鸡也关进了马厩里，以防它们冻僵。这几天真是太冷了，大家只好一直围在壁炉边烤火，才得以撑过这糟糕的天气。虽然天色很是昏暗，可是劳拉还是固执地坚持学习算术。"至少，"她想，"我现在不想着出去散步了。"

第三天，暴风雪终于停息了。整个大草原都覆盖了一层厚厚的积雪。爸爸次日去镇上的时候，那些积雪还冻得结结实实的。他回来告诉大家，有两个人在暴风雪里失踪了。

这两个人是从东部坐火车来的。来的那天早晨，天气还非常温暖宜人，他们是来看镇南一个宅地上的朋友们的。还没到正午，他们就出发去两英里以外的另一个宅地，结果暴风雪就来了。

暴风雪结束后，附近所有的人都来寻找他们两个，最后在一个干草垛旁边发现了他们，不过已经被冻死了。

"他们是从东部来的，根本不知道该怎么应付这种天气。"爸爸说。要是他们在干草垛里挖个洞钻进去，再把洞口用干草堵上，也许就不会被冻死了。

"可是，谁能想到都四月份了还会有暴风雪啊！"妈妈说。

"谁也不知道下一秒钟会发生什么。"爸爸说，"我们只好先做最坏的打算，才有可能得到最好的结果。这是我们唯一能做的。"

劳拉并不同意。"冬天的时候，大家准备了那么多，就怕遇到暴风雪，结果一切都白费力气了，现在咱们搬到了这边，什么也没准备，结果暴风雪倒是来了。"

"唉，似乎这暴风雪就是故意跟咱们作对似的，总在没防备的时候来。"爸爸几乎同意劳拉的说法了。

"我觉得任何人都没办法做好一切准备。"劳拉说，"你期待的是这样，事实往往是那样，根本没法预见。"

"劳拉。"妈妈提醒她不要再说了。

"确实是这样的啊，妈妈。"劳拉反驳道。

"怎么会呢？"妈妈说道，"就说这天气吧，也不是完全没有规律的。比如暴风雪只会出现在会下暴风雪的地方。你要是好好准备，可能未必能当上老师，但是你要是不好好准备，就肯定当不了。"

妈妈说得没错。过了一会儿劳拉想起妈妈以前也当过老师。那天晚上，她放下功课，帮妈妈准备晚餐的时候，问妈妈："您以前在学校教过几个学期啊，妈妈？"

"就两个学期。"妈妈回答。

"为什么不继续教了呢？"劳拉继续问道。

"因为我遇见了你爸爸呀！"妈妈回答。

"原来是这样。"劳拉说。她满心期待着自己也能遇到这样一个人。或许，到最后，自己也不是需要一辈子都在学校教书吧。

又开学啦

　　劳拉觉得整个夏天自己似乎除了学习什么也没做。当然并不是这样。她每天早晨，要从井里打水，喂小牛喝奶，把木桩移到有草的地方，还要教小牛喝水。她有时候在菜园里帮忙，有时候要做家务，收干草的时候，还要把干草踩结实，爸爸才能捆成捆拉到镇上去。可是，和漫长、苦闷、枯燥的学习时光相比，这一切都显得微不足道了。甚至连七月四号国庆节的时候，她都没有到镇上去。那天，爸爸妈妈带着卡莉去了，而劳拉就待在家里，一边照顾格蕾丝，一边学习宪法。

　　玛丽经常会寄信回来。每周他们也会写一封长长的回信。现在格蕾丝也能写上几行字了，都是妈妈教她写的，她的信也和大家的装在一起寄给玛丽。

　　母鸡也开始下蛋了。妈妈选了最好的鸡蛋，用来孵小鸡。最后孵出了二十四只小鸡。妈妈把那些最小的鸡蛋都做成美味给大家享用了。有一天中午，大家还就着新鲜的青豌豆和土豆吃了一顿炸鸡。而其他的小公鸡要等长大了再吃。

　　玉米田里又有地鼠了，小猫这下长胖了不少。她抓的地鼠根本吃不完。一天从早到晚就见它衔着一只刚咬死的地鼠放在妈妈脚下，或者劳拉、卡莉、格蕾丝脚下，然后骄傲地喵喵叫着，似乎想跟大家分享这美味的食物。可是从小猫困惑不解的表情可以看出，它有点不明白为什么大家都不吃地鼠呢。

今年乌鸫也来了。虽然不及去年的多，而且小猫也抓住过一些，可还是造成了不小的损失。转眼间，又到了温和的秋天，劳拉和卡莉又开始步行去上学了。

现在镇上以及旁边乡村里的人越来越多，学校里的人也多了起来。教室里的位置都坐得满满的。前排几张两人座位上都挤了三个年龄小点的孩子。

这学期又来了一个新老师，欧文老师。去年七月四号赛马那天，他爸爸的枣红色马差点就赢得了冠军。劳拉非常喜欢和尊敬这位新老师。他年纪不大，但非常严肃认真，总是勤勤恳恳，很有事业心。

开学第一天，他就把纪律整治得很好。每一个同学都非常听话、有礼貌，课上也都在好好听讲。第三天的时候，欧文老师还用教鞭打了威利·奥雷森。

有一阵子，劳拉不知道该怎么看待这件事情。威利是个聪明的男生，却总不爱听课。每当老师喊他背课文，他就站在那里张着嘴，眼睛呆滞无神，看起来像个傻子，根本没个人样，谁看了都感觉恶心。

他以前也用这样的表情应付怀德老师，看样子好像没办法把自己分散的思维收起来，所以没办法理解怀德老师的话。课间的时候，他也会用这样的表情来逗其他男生。克鲁特老师在的时候，真把他当成智障了，所以从来没叫他做过什么。威利从小就养成了这个坏毛病，现在无论什么时候，大家都能看到他张着嘴巴、两眼无神地闲逛。劳拉有时候会想他是不是真的变傻了。

欧文老师做点名册的时候，问到他的名字，就第一次见识了他的那种表情。当时欧文老师吓了一跳，幸好内莉解释道："这是我弟弟，威利·奥雷森，他回答不了这些问题，他脑子有点不好使。"

接下来几天，劳拉好几次都看到欧文老师眼神犀利地望着威利。威利还是那样张着嘴巴，流着口水，目光十分呆滞。欧文老师又把他叫起来背课文的时候，连劳拉都没办法忍受他那种傻子一样的表情了。只听欧文老师平静地说："跟我过来一下，威利。"

他一手拿着教鞭，一手抓着威利的肩膀，把他拉到了门口，关上了门。整个过程他一句话也没说。坐在门旁边的艾达和劳拉听到外面教鞭挥舞和落下来的声音。接着威利的嚎哭声响彻整个教室。

然后欧文老师又静静地把威利拉了回来。"别哭了。"他说，"回到座位上好好学习。我还指望你把课文背会呢。"

威利不敢再哭了，默默回到了自己的座位上。之后，只要欧文老师看他一眼，威利脸上的白痴表情就瞬间消失了。他看起来似乎开始动脑子了，表现也像其他男生那样正常了。劳拉有时候在想，他到底能不能把他乱七八糟的脑子收回来，不过至少他努力了。或者说，他也不敢不努力。

劳拉、艾达、玛丽、明妮还有内莉还是坐在原来的位置上。经过了炎热的夏天，大家的皮肤都晒得黑黑的，只有内莉不但没有变黑，反而比以前更白更淑女了。她的衣服真是太漂亮了，虽然真的是她的妈妈用别人不要的衣服改的，但是比起她的衣服，劳拉都有点不满意自己的裙子包括那件最好的蓝色羊绒裙子了。她虽然嘴上没有说，但是，心里确实已经有些嫌弃它们了。

　　裙撑最终真的流行了起来，妈妈给劳拉买了一个。她把裙子的下摆放长了一点，巧妙地把裙撑完全遮盖住，完全看不出改过的痕迹，而那件蓝色羊绒裙子根本都不需要改动，直接把裙撑放进去就可以了，这样两件裙子都变得更漂亮了。不过即便如此，劳拉还是觉得自己的衣服没有别人的好看。

　　玛丽穿了一件新衣服上学。明妮也穿了件新外套和新鞋子。艾达的衣服都是从教会的救济中挑选出来的，不过她长得如此甜美可爱，无论穿什么看起来都很漂亮。当劳拉穿着自己的衣服到学校后，似乎她越是对自己的外表吹毛求疵，就越是不满意自己。

　　"你的紧身上衣太松了。"一天早晨，妈妈想帮她把上衣收紧。"把系带拉紧一些，这样看起来就更苗条点。还有你那奇怪的刘海啊，真不知道该怎么办。只要把头发梳到后面去，无论是哪个女孩，在前额留那么一撮头发，就会显得耳朵很大。"

　　妈妈忧虑地帮劳拉收拾着，突然好像想起了什么似的，自顾自地轻声笑了起来。

　　"你在笑什么啊，妈妈？快给我们讲讲！"劳拉和卡莉央求道。

　　"我只是突然想起来，我和你伊莉莎阿姨小的时候，我们把头发梳到耳朵后面去上学了。到了教室，老师点名叫我们到讲台上，当着所有同学的面批评我们，说我们这样太不淑女了，竟然敢把耳朵露在外面。"妈妈又轻声笑了起来。

　　"妈妈，你是不是因为这样，才一直留一缕头发把耳朵盖住呀？"劳拉大声问道。

　　妈妈愣了一下，不过还是微笑着回答道："是的，我想是的。"

　　去学校的路上，劳拉问卡莉："你知道吗，我从来没见过妈妈的耳朵。"

"她的耳朵肯定也很漂亮。"卡莉说,"你长得像她,而你的耳朵又小又漂亮。"

"是吗?"劳拉刚想接过话来,就不得不停下来转起了圈。原来是因为风太大了,吹得裙撑上面的吊线老是往上跑,最后在膝盖处绕成一团,所以她不得不转来转去,好把吊线转下来,让裙箍回到裙子最下面的位置。

劳拉和卡莉继续往前赶路。劳拉又说道:"我觉得妈妈小时候那个年代穿的衣服很傻气,你觉得呢?这该死的风!"她大叫道,因为裙箍又跑到上面去了。

卡莉静静地站在一边,等着劳拉把裙箍旋转下来。"真庆幸我现在还没到必须穿裙箍的年龄。"她说道,"不然我肯定要头晕了。"

"确实挺讨人厌的。"劳拉承认,"不过穿上很时尚。等你到了我这么大,肯定就想追求时尚啦。"

那年秋天,他们又搬到镇上去住了。爸爸说现在不需要文艺集会啦。礼拜天要去教堂做礼拜,礼拜三要去参加祈祷会。妇女互助会又策划了两场联谊会,会上还谈起要不要装扮一棵圣诞树的事情。劳拉希望能有一棵圣诞树,因为格蕾丝还从来没有见过圣诞树呢。十一月份的时候,教堂还会举行为期一个礼拜的"复兴布道会"。欧文老师还经过校董事会的许可,准备策划一场教学展览会。

教学展览会定在圣诞前夕,在此之前,学校会一直上课。这样一来,那些年龄稍大的男孩就不需要等到冬天再上学了,十一月份就可以了。为了给他们腾出座位,更多的年龄小的男孩需要三个人挤在两人座位上了。

一天，课间休息的时候，欧文老师对劳拉说："现在学校需要建一间大教室了。真希望明年夏天镇上能有足够的资金来建，而且现在学生们也需要按年级分班授课了，所以我才对这次教学展览会抱很大的希望，让更多的人了解学校的需求。"

之后，他告诉劳拉和艾达，她们两个在展览会上的任务是凭记忆背诵梳理出美国的全部历史。

"天啊，你觉得咱们可以吗，劳拉？"欧文老师离开后，艾达紧张地问道。

"当然可以啦！"劳拉肯定地回答，"咱们两个这么喜欢历史，怎么会做不到呢？"

"幸亏你背诵的那段比我的长。"艾达说道，"我只需要从约翰·昆西·亚当斯背到拉瑟福德·伯查德·海斯，而你要背发现新大陆啊、地图的变化啊、战争啊、西部保留地啊，还有宪法。天啊，真不知道你怎么背得过啊！"

"确实比较长，但是我们都仔细地学过，而且还复习了好几遍。"劳拉。她心里其实有些庆幸自己要背诵这一段，因为她觉得这一部分更有意思一些。

其他女孩都在急切地讨论着复兴布道会，到时候镇上以及周围乡村所有的人都会来参加。劳拉也不知道为什么大家都这么盼望着这次布道会，也许因为她从来没有参加过。她告诉大家她不想去参加了，要待在家里学习。内莉惊恐地大叫着："怎么能不去呢！只有无神论者才不去参加复兴布道会呢！"

其他女孩也没有一个站出来替劳拉说话。艾达的褐色眼睛里满是焦虑的神色，她几乎带着恳求的口吻说道："你会来参加布道会的，对吧，劳拉？"

复兴布道会要持续整整一个礼拜，而劳拉除了白天要上课，还要准备教学展览会。礼拜一晚上，劳拉匆匆忙忙地从学校赶回家学习，一直学到吃晚饭，就连洗盘子的时候她脑子里都在回想着历史事件，然后趁着爸爸妈妈换衣服的时候，她又把书拿过来看了一小会儿。

"快点，劳拉，不然要迟到了。该去教堂了。"妈妈喊道。

劳拉站在镜子前迅速地戴上自己最爱的那顶棕色天鹅绒帽子，然后把刘海弄蓬松。妈妈跟卡莉和格蕾丝一起在门口等着。爸爸关上了壁炉的通风口，又把煤油灯灯芯的火苗调小。

"大家都准备好了吗？"爸爸问道，然后把煤油灯吹灭了。大家借着爸爸手里提灯的灯光走了出去，爸爸把门锁好。主街上没有一户人家还亮着灯。福勒家五金店后面的空地上，只有最后几盏提灯摇曳着，朝着灯火通明的教堂移动。教堂四周的阴影里密密麻麻地停着四轮马车、轻型马车，还有盖好毯子的马匹。

教堂里面也是人山人海。煤油灯和暖炉里的火都烧得很旺，把教堂里烤得暖烘烘的。老人们都坐在靠着讲道坛的位置，没结婚的年轻男人和男孩们坐在最后排位置，其他人坐在中间。爸爸从走道往前走，四处寻找着空位置。劳拉跟在后面，看见她认识的人都来了，还有很多没见过的人。最后，爸爸在第二排看到几个位置，妈妈带着格蕾丝、卡莉还有劳拉跟着爸爸从别人膝盖前面挤过去，坐了下来。

布朗牧师从讲道坛后面的椅子上站起来，起头唱起了第一百五十四首赞美诗。布朗夫人在旁边奏着风琴，所有人都站起来跟着唱了起来。

有九十九羊安卧在
围栏庇护里休憩，
一只却跑向山间，
远离黄金门外，
荒山野岭独自徘徊，
远离温柔牧人关怀。

如果复兴布道会只是唱赞美诗的话，那劳拉肯定会喜欢的，虽然她觉得自己应该在家学习，而不是浪费时间在玩乐当中。劳拉和爸爸一起高声唱了起来，声音清晰而洪亮。

欢呼吧，主已经把他的羊找回！

然后开始了更长的祈祷。布朗牧师一遍又一遍地唱着节奏单调的赞美诗，劳拉低着头闭上了眼睛。最后大家终于站起来了，劳拉长呼了一口气。接着唱起了一首比较有音律起伏和节拍的赞美诗。

我们在黎明的曙光中播种，
我们在正午的烈阳中播种，
我们在黄昏的夕阳中播种，
我们在夜晚的黑暗中播种。
主啊，我们将收获什么？
主啊，我们将收获什么？

布朗牧师继续跟着赞美诗的节奏进行布道。他的声音忽高忽低，响彻整个教堂。他浓密、花白的眉毛也跟着一上一下地跳动着，拳头时不时敲击着讲道坛。"忏悔吧，忏悔吧，趁着一切还来得及，求主宽恕救赎，免遭地狱之炼！"他大喊。

劳拉感到背脊发凉，头皮发麻。她觉得似乎有什么东西从人群中升起，那是一种非常黑暗非常让人恐惧的东西，正在这雷鸣一般的声音里越变越大。那些句子也变得陌生起来，仿佛不再是一个完整的句子，只是一个个可怕的词语。甚至有一瞬间，劳拉脑海里觉得布朗牧师就是那个魔鬼。他的眼睛里似乎要冒出火花。

"勇敢地站出来吧，求主宽恕，求主救赎！忏悔吧，罪人！站起来，站起来唱起赞美诗吧！啊，迷途的羔羊们！快快划桨归岸，莫让主怪怨！"他高举双手，踮起脚尖，大声唱着：

> 划桨吧，水手，
> 划桨吧！

"回来吧！回来吧！"他高昂的声音穿过人群雷鸣般的歌声。一个年轻男人突然跌跌撞撞地跑到了走道上。

> 莫管狂风和暴雨，
> 莫管雷鸣与呼啸。

"保佑你，保佑你，罪人兄弟，快跪下来请求主的宽恕吧！还有人吗，还有人吗？"布朗牧师大喊着，然后又洪亮地唱起赞美诗，"划桨吧！"

这首赞美诗的第一句话，劳拉听了直想笑。他还记得以前遇到过的瘦瘦的高个子和胖胖的矮个子，他们唱得那么庄严肃穆，所有的店主都从被他们撕裂的纱门里大吼着。现在她觉得这所有的声音还有大家的激动都没法触动她。

她望着爸爸和妈妈。他们安静地站在旁边轻轻地唱着，而她幻想的那种黑暗狂野的东西正像暴风雪一样围着他们呼啸。

接着，又一个年轻男人和一个稍微年长的女人到前面跪了下来。今天就到此结束了，又或者说还没有结束。人们都拥向前去，围在那三个人旁边，为了得到灵魂的安宁。爸爸小声对妈妈说："走吧，咱们走。"

他抱着格蕾丝从走道走到了门口。妈妈牵着卡莉走在后面，而劳拉紧紧地跟在最后面。后排所有的年轻男人都站起来，看着人群从他们旁边经过。劳拉对陌生人的恐惧感此刻突然变得非常强烈，她只好把目光放到那扇敞开的大门那里，避免看到那些陌生人。

旁边有人碰了碰劳拉的袖子，不过劳拉丝毫没有感觉到，直到她听到一个声音问道："我可以送你回家吗？"

原来是阿曼佐·怀德。

劳拉有些惊讶，一时间说不出话来，甚至连点点头或者摇摇头都忘记了。她的脑子已经完全停止了转动。他的手依然拉着她的胳膊，一直走到了门口，保护着她，免得她被拥挤的人群撞到。

爸爸把提灯点亮了。他把烟囱压低，然后朝天上看了看。这时候，妈妈转过身，问道："劳拉到哪儿去了？"然后他们两个同时看到了劳拉和阿曼佐在一起，妈妈停住了脚步，有点惊讶。

"走吧，卡罗琳。"爸爸喊道。妈妈就继续跟着往前走了，而卡莉也瞪着大大的眼睛望着劳拉，然后也跟着走了。

地面上还满是洁白的积雪，天气很冷，不过没有风，明亮的星星在天空中眨着眼睛。

劳拉完全想不出此刻该说些什么。她真希望怀德先生能打破这阵沉默。他厚厚的棉布外套散发着淡淡的烟草香味。那种味道很好闻，不过不及爸爸的烟斗香味那样亲切。那是一种更强烈的雄性味道，这让她想起他和凯普一起带回小麦的那次危险旅程。这个时候，她一直试着在脑海里寻找一个话题。

她听到自己的声音，都把自己吓到了。她说："不管怎么说，暴风雪过去了。"

"是啊，今年冬天天气还不错，不像那年那么难熬。"

接着又是一阵沉默，四周安静得只能听见他们的脚踩在雪地上的咯吱咯吱声。

主街上，黑压压的人群都朝着回家的方向前行着。手里的提灯投射出巨大的影子。爸爸拎着提灯直直地穿过街道。爸爸、妈妈、卡莉还有格蕾丝都已经进屋把门关上了。

劳拉和阿曼佐已经走到了门口。

"好了，晚安。"他说完往后退了一步，举起了手里的帽子。"明天晚上见！"

"晚安。"劳拉回应道。她迅速打开了门。爸爸提着煤油灯，妈妈正在点火。劳拉听到爸爸正对妈妈说，"——就只是陪她从教堂走回来，不会怎么样的。"

"可是她才十五岁啊！"妈妈说道。

劳拉关了门，走进了温暖的房间。煤油灯已经点燃了，屋子里一切都恢复了原样。

"劳拉，你觉得复兴布道会怎么样？"爸爸问道。

"不太像奥尔登牧师那样安静地布道，我更喜欢他那样的方式。"劳拉回答。

"我也是。"爸爸说。然后妈妈告诉大家该去睡觉了。

之后的好几天里，劳拉一直在思考年轻的阿曼佐那天晚上说要见她是什么意思，她不知道他为什么要送自己回家。他是个成年人啊，这样做似乎有些奇怪。他好几年前就已经拥有自己的宅地了，也就是说至少也有二十三岁。在某种程度上，他更像是爸爸的朋友，而不是自己的。

那天晚上，她根本不想去听布道会，只想赶快离开那里。那么多

人激动地大喊着，让她感到很不舒服。当爸爸说"咱们走吧"的时候，劳拉简直太高兴了。

阿曼佐站在靠门那排年轻小伙子中间。劳拉感觉有些尴尬。她听见几个年轻小伙子在讨论女孩子的事情。她感觉双颊火热，目光不知道该放在哪里。阿曼佐又问道："我可以送你回家吗？"这次，劳拉礼貌地回答了一句"可以"。

她昨天晚上已经想好了话题，所以现在她说起明尼苏达州的事情。劳拉来自梅溪边，而阿曼佐来自春之谷，不过之前他住在纽约州马龙附近。劳拉觉得今天两个人的对话很顺利，直到走到家门口，该互相说晚安了。

复兴布道会的那一个礼拜，阿曼佐每晚都送她回家。她始终有些想不通。不过那一个礼拜很快就结束了，以后晚上她就可以待在家里好好学习了。在慌乱地准备教学展览会的时候，她就暂时不再去想阿曼佐的事情了。

教学展览会

屋子里非常温暖，煤油灯火也烧得很旺，把屋子里照得很亮。可是劳拉的手指冻得差点都不能把蓝色羊绒衬裙的扣子扣上，而且穿衣镜看起来光线好像有点暗。她这会儿正穿衣打扮准备去参加教学展览会。

她一直都在担心这个展览会，以至于现在觉得这一切仿佛不是真的，可是这一天真的来了。无论如何，她都要努力去应对。

卡莉也很害怕。她瘦削的脸上，眼睛瞪得大大的，劳拉给她扎头发的时候，听到她在那里一直默默背诵着自己要诵读的内容。妈妈还专门用格子花呢给她做了一件新裙子，给她上台的时候穿。

"妈，再听我背一遍吧。"她请求道。

"没时间了，卡莉。"妈妈回答，"我们都已经快迟到了。我相信你能背得很好。一会儿路上我听你背吧。劳拉，你准备好了吗？"

"准备好了，妈妈。"劳拉有点怯弱地小声回答。

妈妈吹灭了煤油灯。门外寒风呼啸，白雪飘落，地面一片白色。劳拉的裙子被风吹得都裹在一起了，裙撑又恼人地跑到上面去了，她有点担心风会把她卷好的刘海吹乱。劳拉拼命地想着她要背诵的那些东西："克里斯多弗·哥伦布于 1492 年发现了美国。哥伦布是意大利热那亚人——"刚想到这里，卡莉上气开始不接下气地重复着："等着上帝的命令——"

爸爸说道："你们看，教堂的灯也亮了。"

教室和教堂都已经灯火通明了。黑压压一群人拎着黄色带锈点的提灯朝着教堂走去。

"怎么回事？"爸爸问道。旁边的布莱德利先生说："来了太多的人，教室里面坐不下了，所以欧文老师决定到教堂去举办这次展览会。"

布莱德利夫人对劳拉说："我听说今晚你要大露一手啊，劳拉。"

劳拉不知道该怎么回答。她当时心里正默念着："克里斯多弗·哥伦布，意大利热那亚人——克里斯多弗·哥伦布于 1492 年发现了美国。哥伦布——"她不得不继续往下想。

教堂入口处挤满了人，她真害怕自己的金属丝裙箍被挤变形。而教堂里面挂外套的钩子也已经挂得满满的。走道里挤满了正在找座位的人。然后她听到欧文老师的声音："前面这些座位是给学生们坐的，同学们请到前面来。"

妈妈帮卡莉脱掉外套和兜帽，劳拉也把外套和帽子脱了下来，抚了抚自己的刘海。妈妈说帮她们拿着外套，叫她们到前面去坐。

"好了，卡莉，就像你平时那么表现就很好了。"妈妈一边帮她整理她的格子花呢裙子，一边说道，"你背得很熟啦！"

"好的，妈妈。"卡莉低声说道。劳拉这会儿什么也说不出。她带着卡莉沿着走道往前走，走着走着，卡莉从后面拍了一下劳拉，劳拉转过头，看到卡莉带着恳求的眼神看着她。"我看起来还好吗？"她小声问道。

劳拉望着卡莉瞪得圆圆的充满紧张的眼睛，看到她眼睛上面有几根头发散了下来。劳拉帮她抚平，这样卡莉的头发就非常整齐地从中间分开，扎成两个紧紧的马尾辫，悬在肩膀上。

"好了，这样看起来就很完美了。"劳拉说，"你的新格子花呢裙子也很漂亮。"她的声音那么平静，仿佛不是从她口中说出的一样。

卡莉脸上浮现出笑容，然后她就从欧文老师身边挤到前排她同学身边。

欧文老师对劳拉说："那边墙上已经挂上了总统画像，跟在教室里一样。我的教鞭在讲道坛上面放着，等你说到总统那一部分，就拿教鞭指着你说到的那个总统的画像。这样顺序就不会记错了。"

"好的，老师。"劳拉说。不过她知道欧文老师现在也很担心。在所有要表演的人当中，最不能犯错的就是她了，因为她的表演是这个展览会的最主要部分。

劳拉走到艾达身边坐了下来。"老师和你说要用教鞭指着了吗？"艾达小声问道。现在艾达满脸不安，与她平常开开心心的样子截然不同。劳拉点点头，然后她们都朝着间柱中间的木板墙看过去，凯普和本正在那里往墙上挂总统画像。讲道台挪到了后面靠墙的地方，这样整个讲道坛都空了出来。她们可以看到讲道台上面长长的教鞭。

"我知道你能背得很好，可是我很害怕。"艾达声音有些发抖。

"到时候就不会害怕了。"劳拉鼓励她，"别这么说，我们两个历史一直都很好的，比心算要容易多了。"

"幸好你背的是前面一部分。"艾达说，"我真的很紧张，觉得自己肯定会背不出来。"

劳拉也很庆幸自己背的是前面一部分，因为前面的更有意思。现在她的脑海里一片混乱，她努力在脑海里回想全部内容，尽管她知道已经没有时间了，可是她必须记得那些内容，不能犯错。

"大家静一静。"欧文老师发话了。教学展览会开始了。

内莉、玛丽、明妮、劳拉、艾达、凯普、本还有亚瑟排着队走到了讲道坛上。亚瑟穿了双新鞋，走路的时候有一只发出吱吱的声音。他们排成一排站好，面对着台下一双双期待的眼睛。劳拉感觉眼前的一切都是模糊的一片。很快，欧文老师开始提问了。

劳拉没有感到害怕。似乎她不是真的穿着自己的蓝色羊绒裙子，站在明亮的灯光下背诵地理。要是回答不出问题或者犯了错误都会很丢人，因为爸爸、妈妈还有其他所有的人都坐在台下看着呢。可是她并没有感到害怕。似乎她现在正处于半睡半醒之间，她的脑海里只是不断地旋转着那些句子，然后一句句讲了出来："克里斯多弗·哥伦布于1492年发现了美国——"地理部分讲完了，她讲得很流利，没有任何错误。

台下响起一片雷鸣般的掌声。然后到了语法部分。这一部分更难，因为这里没有黑板。要是把那些冗长复杂、满是副词短语的句子写在黑板上，解析起来就不是很难。现在没有黑板，她就只能在脑海里将整个句子背下来，哪怕一个单词一个标点和停顿都不能错，这就没那么容易了。不过，她还是一点错误都没有犯，倒是内莉和亚瑟出了点错误。

心算部分就更难了。劳拉不喜欢心算课。等轮到她的时候，她的心脏怦怦地跳个不停，心想这下肯定完了，要出错了。不过她把那些口算除法都流利地回答了出来，连她自己都感到惊讶。"347264除以16，34商2余2，27商1余11，112商7余0，6商0，64商4余0，三十四万七千二百六十四除以十六等于二万一千七百零四。"

她不需要再倒着乘一下来确定答案是不是对的。她知道没错，因为欧文老师已经出了下一道题。

一轮过后，只听欧文老师说："下课了。"

台下的掌声比刚才还要响亮。大家排着队走下台，回到了各自的座位上。现在轮到低年级的小学生回答问题了。之后，就轮到她背诵那些历史了。

男生女生们一个个被叫上台，而劳拉和艾达一动不动地坐在下面，心里紧张极了。那些历史内容像过电影一般在她脑海中闪现着。"……发现了美国……邦联国会在费城召开……'这份请愿书里我只有一个词不同意，这个词是国会'，本杰明·哈里森说道，'我也只有一个词同意，这个词也是国会。'……乔治三世……将会从他们的例证中获益。如果这是叛国罪的话，先生们，那就充分利用吧！……不自由，毋宁死……这些真理不证自明……他们在雪地里留下的脚印沾满了鲜血……"

就在这时，她突然听到欧文老师喊道："卡莉·英格斯。"

卡莉挤到过道上，她瘦削的脸上表情十分紧张，脸色都发白了。她格子花呢裙子后面的纽扣里外都扣反了，劳拉本来应该帮她扣好的，可是她忘了，现在可怜的小卡莉只能自己尽自己最大努力表现得更好了。

卡莉笔直地站在台上，双手背在身后，眼睛凝视着台下的观众。她开始背诵了，教堂里响起了她清晰甜美的声音：

> 雕刻家少年手握凿子，
>
> 面对大理石坯料深思，
>
> 当天使的梦从心底掠过，

喜悦的微笑浮上他脸庞。

他要把这梦刻在石头上，
锋利的凿子不停落下来，
天堂的光芒照在他身上，
他已捕捉到那天使的梦。

我们都是生命的雕刻家，
面对我们未雕琢的未来，
只待上帝下达一道命令，
人生的梦便从心底掠过。

我们把这梦刻在石头上，
锋利的凿子不停落下来，
天堂的美丽是属于我们的，
我们的生命便是天使的梦。

卡莉背诵得十分流利，没有一丝停顿，也没有漏掉哪怕一个字。劳拉为她感到骄傲。卡莉在响亮的掌声中走下了台，双颊激动得绯红。

接着，欧文老师又说道："现在，让我们听一听美国历史的回顾吧。从美国大陆的发现，一直到当今时代。由劳拉·英格斯和艾达·莱特为大家展示。可以开始了，劳拉。"

这个时刻终于来了。劳拉从座位上站了起来。她不知道自己是怎么来到台上的，就这样已经站到了台上，她开始讲了起来："克里斯托弗·哥伦布于 1492 年发现了美国。哥伦布是意大利热那亚人，他向西部航行，试图寻找一条通往印度的新航线。那时，西班牙还在……"

她的声音有些发抖。她稳了稳情绪，小心翼翼地接着讲下去。她感觉一切都是那么地不真实。她穿着那件用裙箍撑起巨大裙摆的蓝色羊绒裙子，还用妈妈的珍珠大头针在下巴下面别了小瀑布一样的蕾丝边。她额头上的刘海被汗水浸湿了，感觉有点发烫。

她讲了西班牙和法国探险家以及他们的定居点、冒险家雷利消失的殖民地、弗吉尼亚州和马萨诸塞州的英国贸易公司，还有那些收购了曼哈顿岛并在哈德逊山谷定居的荷兰人。

最初，她感觉周围是一片模糊。后来，她才辨认出台下一张张脸。她看到爸爸坐在很显眼的位置，目光与她对视了几秒，爸爸的眼睛闪现着光芒，他缓缓地点了点头。

然后她才真的要开始讲起美国伟大的历史。她讲起了新大陆自由与平等的新视野、欧洲古老的镇压手段、反对暴政与专制的战争、十三个新州的独立、宪法的内容以及十三个州的统一。然后她拿起教鞭，开始讲述乔治·华盛顿。

大家都在认真听她讲述，台下鸦雀无声，只能听到劳拉自己的声音。她讲述起华盛顿贫穷的少年时代、做测量员的日子、在杜奎斯堡垒被法国打败，还有那漫长、苦难的战争年代。她继续讲到他被选举为第一任总统、国家的神父、第一届和第二届国会通过的法律、西北地区的开放。接着，她接着讲了约翰·亚当斯，然后讲了杰弗逊，他在弗吉尼亚撰写了独立宣言、确立了宗教自由和财产私有制、创立了弗吉尼亚大学，并买来了密西西比河和加利福尼亚之间的所有土地。

接着是麦迪逊，1812 年战争、华盛顿国会大厦和白宫的入侵、占领和焚烧，以及美国少数船只上勇敢水手们的战争——最后他们获得了胜利，赢得了独立。

再接着是门罗，他敢于向所有更强大更古老国家的暴君说，再也不要侵犯我们的新世界。安德鲁·杰克逊沿着田纳西州南下，与西班牙战斗并一举拿下佛罗里达，然后老实的美国付钱买了回来。1820 年，经济危机，银行全部倒闭，商店也全部关门，人们全体失业，饿着肚子。

再接着，劳拉用教鞭指着约翰·昆西·亚当斯的画像。她讲了他是如何当选为总统的。墨西哥人也进行了一场独立战争并取得了胜利，所以现在可以进行自由贸易。密苏里河南部的圣达菲商人，跨越几千英里的沙漠，和墨西哥人做生意。然后第一辆四轮马车开进了堪萨斯州。

劳拉讲到这里就结束了，接下来该艾达来讲了。

她放下教鞭，对着安静的观众鞠了一躬。台下骤然响起雷鸣般的掌声，差点把她吓了一跳。掌声越来越大，她感觉似乎她要用力推开那些声音发出的阻力才能回到座位上。直到她走到艾达旁边自己的座位旁，软软地坐下来时，掌声还没有停下来。直到最后欧文老师示意大家，掌声才停了下来。

劳拉浑身都在发抖。她本想对艾达说一句鼓励的话，不过她说不出。她只能坐着休息，并欣慰这场严酷的考验终于过去了。

艾达也讲得很好，没有犯任何错误。艾达下台的时候，台下也响起了热烈的掌声，劳拉为她感到高兴。

最后，欧文老师宣布展览会结束，并开始疏散观众。人群缓缓拥出大门，座位旁边和走道里的人们都在讨论着刚才的展览会。劳拉看到欧文老师非常高兴。

"哎呀，你这个小家伙，表现得不错啊！"当劳拉和卡莉穿过人群来到爸爸和妈妈身边的时候，爸爸说道，"你表现得也很好，卡莉！"

"是啊！"妈妈说，"真为你们两个感到骄傲。"

"我背得很流利。"卡莉也高兴地表示同意，"不过，谢天谢地，终于结束了。"她又叹了口气。

"是啊，终于结束了。"劳拉附和道，然后费力地想把外套穿上。

她突然感觉有人用手拉着她的领子在帮她，接着就听到了一个声音："晚上好啊，英格斯先生。"

她抬起头，刚好与阿曼佐目光相对。

阿曼佐没再说什么，劳拉也没说什么。他们一起走出教堂大门，借着爸爸手里提灯的灯光，沿着白雪皑皑的道路往回走。寒风渐渐停息

了，不过空气还是很冷，地上的白雪反射出耀眼的月光。

阿曼佐说："我刚才是不是应该先问问你我可不可以送你回家？"

"是的。"劳拉说，"不过你已经在送我啦。"

"刚才从那堆人里挤出来实在太难了。"他解释道。停了一会儿，他又问道："我可以送你回家吗？"

劳拉不觉笑了起来。阿曼佐也跟着笑了起来。

"当然可以啊！"劳拉说。不过她心里还是有些不解，他比她大那么多，而且即便爸爸不在，博斯特先生或者爸爸的任何一个朋友都可以安全送她回家，而现在爸爸也在呢。她觉得他的笑声很好听。他似乎非常享受身边的一切。或许他的棕马在主街上拴着呢，所以才陪她走这边吧。

"你的马是不是拴在主街上？"她问道。

"不是啊。"他回答，"在教堂南边拴着呢，那边吹不到风。"然后他又接着说，"我正在做一个马拉雪橇。"

说到这里，劳拉心里突然有了一个愿望。要是能坐在那些健步如飞的马匹拉的雪橇里，该是多么好玩啊！他肯定不会邀请她的吧，而且她现在头还晕晕乎乎的。

"要是这雪再厚点就好了。"他说，"不过似乎今年还是个暖冬。"

"是啊，确实是的。"劳拉说。现在她更加确定阿曼佐不会带自己去坐雪橇了。

"要做好还需要一段时间。"他说，"然后我还得刷两遍漆。估计要等到圣诞节后才能用。你喜欢坐雪橇吗？"

劳拉感觉自己快要窒息了。

"我也不知道。"她答道，"我没坐过呢。"然后她大胆地说道，"不过我觉得我肯定会喜欢的。"

"好的。"他说,"等一月份的时候,我去找你,带你走一段试试,看你会不会喜欢。找个周六吧,你觉得可以吗?"

"可以啊,当然可以!"劳拉激动地大叫了起来,"谢谢你啦!"

"好的,要是天能继续下雪,我过两三个礼拜就来带你玩。"现在已经到劳拉家门口了,他脱掉帽子,礼貌地说了声晚安。

劳拉几乎是跳着进屋的。

"啊,爸爸!妈妈!你们觉得怎么样?怀德先生正在做马拉雪橇呢,还说要带我去坐。"

爸爸妈妈互相对视了一眼,表情有些严肃。劳拉赶紧问道:"你们会同意我去的吧?让我去吗?"

"到时候再说吧。"妈妈回答。不过爸爸的眼神非常和蔼。劳拉知道,真到了那个时候,她肯定可以去坐雪车的。要是坐在那两匹马拉的雪橇里面迅速又稳当地穿过寒冷、清新的空气,该多么有趣啊!她想着想着,情不自禁地感叹着:"就让内莉疯去吧!"

十二月的意外惊喜

第二天如此单调、乏味。他们实在不想过圣诞节了，玛丽又不在家。他们只是为卡莉和格蕾丝准备了礼物，虽然明天才是圣诞节，他们那天早上已经打开了玛丽寄来的圣诞节礼物。

圣诞节有一个礼拜的假期。劳拉知道应该利用这个假期好好学习，可是她不太能看得进去书。

"玛丽不在旁边一起学习，真的很没意思。"她说。

吃完午饭，一切都收拾整齐了，不过屋子里还是显得空荡荡的，因为摇椅上已经没有了玛丽的身影。劳拉在房间里四处张望着，就好像在寻找什么东西一样。

妈妈放下手里的教会报纸。"她不在家，我真的挺难适应的。"妈妈说道，"这份教会报纸看起来很有意思，要是以前我肯定会大声读给玛丽听的，可是现在我又不可能读给自己听。"

"真希望她还在家啊！"劳拉嘴里冒出这句话，不过妈妈劝她不该这么想。

"她在学校学习很好，而且学会了那么多东西——操作缝纫机啊，演奏风琴啊，还有穿珠子啊，我们应该感到高兴才是啊。"

说罢，两个人都不约而同地望向那个精致的小花瓶。花瓶是拿白色和蓝色的珠子用结实的细线穿制而成的，这是玛丽亲手给大家做的圣诞礼物。花瓶就放在劳拉身边的那张桌子上，妈妈说话的时候，劳拉就站在那里抚摸着花瓶上面的珠帘。

"我有点着急怎么弄到钱给玛丽做夏装，还有一些日常开销，我们还得想办法给玛丽寄点零花钱。她还需要买一个自己的盲人写字石板，这也要不少钱。"

"再过两个月我就十六岁了。"劳拉憧憬道，"也许到明年夏天我就可以拿到教师资格证了。"

"要是你明年夏天教一学期课，我们就可以让玛丽回来过个暑假。"妈妈说，"她走了那么长时间了，应该回家一趟，咱们只要攒够路费就行。不过在没有做好打算之前，还是不要高兴得太早。"

"不管怎样，我还是去学习吧。"劳拉叹了一口气。最近一直百无聊赖地闲晃，实在是太不应该了，玛丽眼睛看不见，都那么耐心地用小珠子给大家做了一个花瓶呢。

妈妈继续拿起报纸。劳拉俯身开始学习，不过还是觉得无精打采的。

窗外传来卡莉的大喊声："博斯特先生来了！还有另一个人，他已经来到门口了！"

"应该是'他们'。"妈妈纠正道。

劳拉打开门。博斯特先生进了屋，说道："大家好啊，这位是布鲁斯特先生。"

从布鲁斯特脚上的靴子、身上的厚外套还有那双手都可以看出来，他也是个宅地主。他的话不太多。

"你们好！"妈妈一边给两位客人搬椅子，一边寒暄道。"英格斯先生到镇上什么地方去了。博斯特太太最近还好吧？怎么没跟你们一起来呢，真是遗憾啊！"

"我们也只是刚好路过这里，想进来给劳拉说句话的。"博斯特看了劳拉一眼，黑色的眼睛闪烁着光芒。

劳拉一时间有点受宠若惊。她规规矩矩地坐在那里，就是妈妈告诉过她的那样，把背脊挺直，双手折叠放在膝盖上，脚往后靠，正好被裙子遮住。不过她紧张得有点喘不过气来，因为不知道博斯特先生来找她到底有什么事情。

博斯特先生继续说道："卢·布鲁斯特是来这里为他们区的新学校找老师的。昨天晚上他也去看了教学展览会，看到了劳拉的精彩表现，觉得劳拉是个不错的人选，我就告诉他，他的选择绝对没错。"

听着这番话的时候，劳拉的心都提到了嗓子眼，然后又突然沉了下去。

"可是，我还没到十六岁呢。"她说。

"是这样的，劳拉。"博斯特先生热切地说，"只要没人问你，你就不要说你的年龄。现在问题是，要是县里的负责人给你发一张教师资格证的话，你愿不愿意去那里教书？"

劳拉一时没反应过来，不知道该怎么回答。她看了看妈妈，妈妈问道："布鲁斯特先生，那个学校在什么地方？"

"往南边大约十二英里吧。"布鲁斯特回答。

劳拉的心又沉了一大截。学校离家这么远，还没有认识的人，到时候就只能靠自己了吧，没有人能帮她的。她要一直在学校里，等一个学期结束才能回家。来回二十四英里确实太远了。

布鲁斯特继续说道："我们那儿的居住区还比较小，旁边的土地还没有完全开垦出来，所以，一个学期只能上两个月的课，不然也负担不起。你去的话一个月只能付你二十块钱的工资，当然吃住都是免费的。"

"这个数目还是可以的。"妈妈说。

带一学期课就有四十块钱了，劳拉心里盘算着。四十块钱！她可从没想过自己可以挣到这么多钱。

"等我先生回来我跟他商量一下再告诉你我们最后的决定，不过我想他肯定会接受你的建议的，博斯特先生。"妈妈说。

"我跟卢·布鲁斯特在东部的时候就认识了。"博斯特先生说，"要是劳拉愿意去的话，这绝对是个不错的机会啊！"

劳拉激动得说不出话来。"为什么不去呢？"她好不容易结结巴巴地挤出一句，"要是可以去的话，我就太高兴了。"

"那我们就先告辞了。"博斯特先生说道，他和布鲁斯特站了起来。"威廉姆斯现在在镇上呢，我们会尽量在他回家之前找到他，然后带他到这里来给劳拉考试。"

他们对妈妈说了再见，就匆匆忙忙地离开了。

"天啊，还要考试！你觉得我能通过吗，妈妈？"劳拉有些紧张。

"你肯定可以的，劳拉。"妈妈说，"摆正心态，不要害怕，就当是学校平常的小测验，照常发挥就好了。"

刚过了一会儿，卡莉就喊了起来："来了他——"

"是他来了——"妈妈严厉地纠正道。

"他朝这边来了，不过听起来好像不从镇上来啊，妈妈——"

"应该说不是从镇上来的。"妈妈又纠正道。

"就从对面福勒家的五金店过来的！"卡莉大喊。

接着就听到了一阵敲门声。妈妈赶紧跑过去开门，只见门口站着一位高大威武的男人，脸上带着和蔼、友善的笑容，然后他说自己就是威廉姆斯，教育部的部长。

"想必你就是那个想拿教师资格证的小姑娘吧。"他对劳拉说，"我看也不需要什么考试了，昨天在教学展览会上我都已经看到了你的精彩表现，所有的问题都完美地回答出来了。不过既然你的写字石板和铅笔都在桌子上，那我们就象征性地做几道题吧。"

他们一起在桌子旁边坐下。劳拉先解了几道数学题，拼写了几个单词，然后回答了几个地理题。最后，她读了几句马克·安东尼在凯撒葬礼上的演讲词，抄在写字石板上，流利地分析了句子的语法。

　　　　朝着遥远的山巅攀登，我看见
　　　　一只老鹰在山崖盘旋。

"'我'是第一人称代词，在这里做主语，'看见'是谓语动词……"劳拉一边讲解着，一边拿笔在石板上写写画画，看起来非常专业。

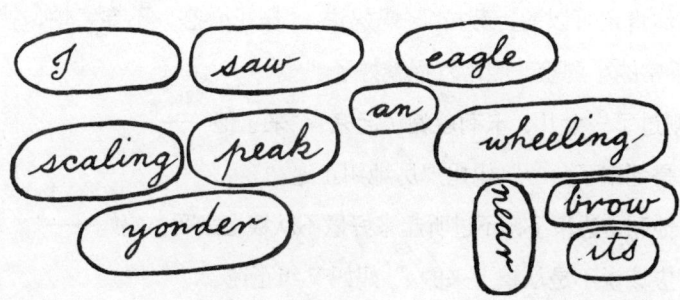

　　分析了几个句子之后，威廉姆斯满意地点了点头。"历史就不用考了。"他说，"昨天晚上你那段历史讲得太精彩了！不过我不能给你打太高的分数，现在只能给你一个三级教师资格证，等明年你到了十六岁再说。我可以用一下笔墨吗？"他问妈妈。

　　"都在桌子上呢，您尽管用。"妈妈示意了一下。

　　威廉姆斯坐在爸爸的书桌前，展开一张空白的证书。大家都凝神看着他往证书上写字，四周安静得只能听到笔尖从纸上划过的沙沙声。最后他擦了擦笔尖，盖住墨水瓶，站了起来。

　　"给你，英格斯老师。"他说，"布鲁斯特让我告诉你，学校下周一开始上课。他礼拜六或者礼拜天会过来接你，具体看天气情况。他已经告诉过你到那边有十二英里吧？"

　　"嗯，布鲁斯特先生跟我讲过。"劳拉回答。

　　"那么，祝你成功！"他真诚地对劳拉说。

　　"谢谢您，先生。"劳拉回答。

达科塔金斯伯里县教育部
教师资格证

　　兹证明，劳拉·英格斯小姐品行端正，表现良好，顺利通过阅读、文字、写作、算术、地理、语法、历史等相关考核，特此授予三级教师资格。

　　自证书颁发当日起，其有资格在任意一所公立学校执教，有效期十二个月。

金斯伯里县教育部长

卢·威廉姆斯

1882 年 12 月 24 日

考核成绩：阅读 62、写作 75、历史 98、语法 81、算术 80、地理 85

然后他们就告别了。他们一走，劳拉和家人就迫不及待地端详着教师资格证。

爸爸回来的时候，劳拉还站在房间中间呆呆地捧着教师资格证。

"你手里拿的什么，劳拉？"他问，"看那样子，就像那纸会吃了你似的。"

"爸爸！"劳拉激动地告诉他，"我现在已经是老师了！"

"什么？"爸爸惊讶地问道，"卡罗琳，快告诉我到底是怎么回事？"

"您看看吧！"劳拉把证书递给爸爸，自己则坐了下来。"还有，不要问我今年多大了哦！"

爸爸看证书的时候，妈妈告诉了他劳拉要去学校教书的事情。爸爸听完以后，说道："真是太意外了！"他坐下来，又仔细地把证书从头到尾读了一遍。

"不错！"爸爸说，"十五岁就当老师了，真厉害！"他本想开心地祝贺劳拉的，不过他的声音却显得很空洞，因为劳拉就要离开家了。

劳拉也不知道独自一人到离家十二英里以外的地方教书会是什么样子，那将是一个完全陌生的地方，不过现在最好还是不要再继续想这些了吧，因为她是必须要去的，无论遇到什么事，她也必须要自己去面对。

"这样的话，玛丽需要什么就不用愁了，明年夏天也有钱回家了。"她说，"哎呀，爸爸，您觉得——我能胜任吗？"

"当然能啦！"爸爸说，"我相信你肯定能行！"

国际大奖儿童小说系列